GRöLS Verlage

„BÜCHER SIND WIE FALLSCHIRME. SIE NÜTZEN UNS NICHTS, WENN WIR SIE NICHT ÖFFNEN."

Gröls Verlag

Redaktionelle Hinweise und Impressum

Das vorliegende Werk wurde zugunsten der Authentizität sehr zurückhaltend bearbeitet. So wurden etwa ursprüngliche Rechtschreibfehler *nicht* systematisch behoben, denn kleine Unvollkommenheiten machen das Buch – wie im Übrigen den Menschen – erst authentisch. Mitunter wurden jedoch zum Beispiel Absätze behutsam neu getrennt, um den Lesefluss zu erleichtern.

Um die Texte zu rekonstruieren, werden antiquarische Bücher von Lesegeräten gescannt und dann durch eine Software lesbar gemacht. Der so entstandene Text wird von Menschen gegengelesen und korrigiert – hierbei treten auch Fehler auf. Wenn Sie ebenfalls antiquarische Texte einreichen möchten, finden Sie weitere Informationen auf www.groels.de

Viel Freude bei der Lektüre wünscht Ihnen das Team des Gröls-Verlags.

Adressen

Verleger: Sophia Gröls, Im Borngrund 26, 61440 Oberursel

Externer Dienstleister für Distribution & Herstellung: BoD, In de Tarpen 42, 22848 Norderstedt

Unsere „Edition | Werke der Weltliteratur“ hat den Anspruch, eine der größten und vollständigsten Sammlungen klassischer Literatur in deutscher Sprache zu sein. Nach und nach versammeln wir hier nicht nur die „üblichen Verdächtigen“ von Goethe bis Schiller, sondern auch Kleinode der vergangenen Jahrhunderte, die – zu Unrecht – drohen, in Vergessenheit zu geraten. Wir kultivieren und kuratieren damit einen der wertvollsten Bereiche der abendländischen Kultur. Kleine Auswahl:

Francis Bacon • Neues Organon • **Balzac** • Glanz und Elend der Kurtisanen • **Joachim H. Campe** • Robinson der Jüngere • **Dante Alighieri** • Die Göttliche Komödie • **Daniel Defoe** • Robinson Crusoe • **Charles Dickens** • Oliver Twist • **Denis Diderot** • Jacques der Fatalist • **Fjodor Dostojewski** • Schuld und Sühne • **Arthur Conan Doyle** • Der Hund von Baskerville • **Marie von Ebner-Eschenbach** • Das Gemeindekind • **Elisabeth von Österreich** • Das Poetische Tagebuch • **Friedrich Engels** • Die Lage der arbeitenden Klasse • **Ludwig Feuerbach** • Das Wesen des Christentums • **Johann G. Fichte** • Reden an die deutsche Nation • **Fitzgerald** • Zärtlich ist die Nacht • **Flaubert** • Madame Bovary • **Gorch Fock** • Seefahrt ist not! • **Theodor Fontane** • Effi Briest • **Robert Musil** • Über die Dummheit • **Edgar Wallace** • Der Frosch mit der Maske • **Jakob Wassermann** • Der Fall Maurizius • **Oscar Wilde** • Das Bildnis des Dorian Grey • **Émile Zola** • Germinal • **Stefan Zweig** • Schachnovelle • **Hugo von Hofmannsthal** • Der Tor und der Tod • **Anton Tschechow** • Ein Heiratsantrag • **Arthur Schnitzler** • Reigen • **Friedrich Schiller** • Kabale und Liebe • **Nicolo Machiavelli** • Der Fürst • **Gotthold E. Lessing** • Nathan der Weise • **Augustinus** • Die Bekenntnisse des heiligen Augustinus • **Marcus Aurelius** • Selbstbetrachtungen • **Charles Baudelaire** • Die Blumen des Bösen • **Harriett Stowe** • Onkel Toms Hütte • **Walter Benjamin** • Deutsche Menschen • **Hugo Bettauer** • Die Stadt ohne Juden • **Lewis Caroll** • *und viele mehr….*

Wilhelm Raabe

Die schwarze Galeere

Inhalt

Auf den Wällen von Fort Liefkenhoek

Es war eine dunkle, stürmische Nacht in den ersten Tagen des Novembers, im Jahre 1599, als die spanische Schildwache auf dem Fort Liefkenhoek an dem flandrischen Ufer der Schelde das Lärmzeichen gab, die Trommel die schlafende Besatzung wach rief und ein jeder – Befehlshaber wie Soldat – seinen Posten auf den Wällen einnahm.

Die Wellen der Schelde gingen hoch, und oft warfen sie ihre Schaumspitzen den fröstelnden Südländern über die Brüstungsmauern ins Gesicht. Scharf pfiff der Wind von Nordost von den „Provinzen" herüber, und die Spanier wußten schon lange, daß aus der Richtung ihnen selten etwas Gutes komme.

Auch auf dem Fort Lillo auf der brabantischen Seite des Flusses wirbelte die Trommel, klang das Horn: deutlich vernahm man durch das Getöse des Sturmes, durch das Brausen der Wasser fernen Kanonendonner, welcher nur von einem Schiffskampf auf der Westerschelde herrühren konnte.

Die Wassergeusen spielten ihr altes Spiel.

Was kümmerte dieses Amphibiengeschlecht der Sturm und die Finsternis? Waren Sturm und Nacht nicht seine besten Verbündeten? Wann hätte je ein Wassergeuse das stürmische Meer und die Finsternis gefürchtet, wenn es galt, seine Todfeinde zu überlisten, die Verwüster und Bedränger seines den Wogen abgekämpften Vaterlandes zu vernichten? Gräßlich aber war der Krieg ausgeartet.

Zweiunddreißig Jahre dauerte nun schon dieses fürchterliche Hin- und Herdrängen der kämpfenden Parteien, und noch war kein Ende davon abzusehen. Die Saat der Drachenzähne war üppig aufgegangen; wohl waren eiserne Männer emporgewachsen aus dem blutgedüngten Boden, und selbst die Frauen mußten verlernen, was Menschlichkeit und Milde sei. Es gab eine junge Generation, welche sich schon deshalb nicht nach dem Frieden sehnte, weil sie ihn gar nicht kannte.

Und war der Krieg schrecklich auf dem festen Lande, so war er noch viel fürchterlicher auf dem Meere. Auf dem Lande konnten immer noch Gefangene ausgewechselt oder losgekauft werden; Städte, Flecken und Dörfer konnten Brand und Plünderung abkaufen; auf der See gab es aber schon längst weder Pardon noch Ranzion. Für Barmherzigkeit wurde es geachtet, wenn man die gegenseitigem Gefangenen kurzweg niederstieß oder sie an der Rahe aufhing und sie nicht langsam auf die grausamste Art zu Tode marterte, sie nicht auf dem Verdeck kreuzigte und mit dem genommenen Schiff versenkte. –

Mit besorgter Aufmerksamkeit lauschten auf den Wällen von Fort Liefkenhoek Befehlshaber und Soldaten der Kanonade und teilten sich ihre Vermutungen gegenseitig mit. Der eine hatte diese Ansicht über die Kämpfenden, der andere jene Ansicht; aber zuletzt ging anfangs leiser, dann aber bestimmter und lauter von Mund zu Mund das Wort unter den Soldaten:

„Die schwarze Galeere! Wiederum die schwarze Galeere!“

Ein jeder sprach zwischen Zorn und unheimlicher Beklemmung dieses Wort aus:

„Die schwarze Galeere!“

Gegen ein Uhr legte sich der Wind, und auch die Kanonade schwieg; aber zwanzig Minuten nach ein Uhr flammte es plötzlich in weiter, weiter Ferne blutrot, blitzartig über den dunklen Wassern auf; das Leuchten zuckte über die Hunderte von bärtigen, wilden Gesichtern auf den Mauern von Liefkenhoek und Lillo, und eine halbe Sekunde später folgte dieser Lichterscheinung der dumpfe Knall einer größeren Explosion, womit das Gefecht zu seinem Ende gelangt zu sein schien, wie ein Trauerspiel mit einer Katastrophe endet. Man sah und hörte keine Anzeichen mehr, welche auf den Fortgang desselben deuteten. Obgleich die Besatzungen auf den spanischen Befestigungen noch lange harrten und lauschten, vernahmen sie doch keinen Schuß mehr. –

„Nun, was haltet Ihr davon, Sennor Jeronimo?“ fragte der Kommandant von Liefkenhoek einen seiner Kapitäne, einen ältlichen, dürren Mann mit grauem Haar und Bart, mit Narben bedeckt vom Kopf bis zu den Füßen.

Der Angeredete, der bis jetzt ein wenig abseits von seinen Kameraden an der Brüstung gelehnt hatte, zuckte die Achseln.

„Fragt mich nicht danach, Sennor. Bei Gott und der heiligen Jungfrau, ich hab' es schon lange aufgegeben, über das zu grübeln, was uns dieser Krieg bringt. Der Panzer ist mir schier festgewachsen auf der Haut, und meinen Posten halt' ich bis zum letzten Tag; aber – damit auch genug."

„Ihr seid sehr barsch, Jeronimo", sagte der Kommandant, der ein viel jüngerer Mann als der alte Krieger war und erst kürzlich aus Kastilien angekommen war in den Niederlanden, um den Gouverneursposten auf diesem Fort an der Schelde anzunehmen.

„Herr Oberst", sagte der Hauptmann Jeronimo, „seit manchen langen Jahren halte ich nun meine Stelle auf dieser Erdspitze und sehe die Wellen vorüberfließen. Ihr seid jung, Oberst, aber Euer Vorgänger war auch jung und edel. Leer stand er neben mir, an demselben Platz, wo Ihr jetzt steht, voll von jugendlichen Träumen und Siegeshoffnungen. Nun liegt er drunten unter den Wogen, und der, welcher ihm vorging, ist von einer Kugel gefallen bei Turnhout; er dachte auch siegesgekrönt heimzukehren in sein Schloß an der Tarata zu seinem jungen Weibe – bah! Und nun rechne ich an den Fingern zurück bis in das Ende des Jahres fünfzehnhundertfünfundachtzig, wo ich von Madrid zurückkam; Sennor, damals glaubte auch ich noch an Sieg und

Ehre in diesem Krieg. Ich habe aufgehört, daran zu glauben, und Ihr werdet's auch, Oberst, so Euch Gott das Leben schenkt.“

„Ihr seid ein finsterer Träumer, Hauptmann! Aber sagt doch, in jenem ewig denkwürdigen Jahre wart Ihr in Madrid?“

„Ja.“

„In jenem glorreichen Jahr, wo der große Prinz uns Antwerpen zurückeroberte?“

„Ja.“

„So seid Ihr mit dem Alexander Farnese als Sieger in die Stadt eingezogen? O, Ihr Glücklicher!“

„Nein“, sagte der alte Soldat finster. „Ich bin nicht im Triumphzuge gewesen; man hatte mir einen andern Auftrag gegeben, um welchen man mich damals im Lager sehr beneidete. Ich war der Bote, welchen der tapfere Prinz mit der Nachricht von der Übergabe der Stadt zu Don Philipp – Gott habe seine Seele gnädig – sandte.“

„Ihr? Ihr, Hauptmann Jeronimo, durftet solche Botschaft dem König bringen? – O, dreimal Glücklicher! Bitte erzählt davon, wir dürfen den Wall doch noch nicht verlassen."

Die andere Offiziere der Besatzung hatten sich allmählich näher an den Kommandanten und den Hauptmann herangezogen; jetzt bildeten sie als aufmerksame Zuhörer einen Kreis um die beiden. Es war nicht häufig, daß man den alten Jeronimo zum Erzählen brachte.

„Was ist davon zu sagen?" hub der Hauptmann an. „In der Nacht vom vierten auf den fünften September fünfzehnhundertfünfundachtzig hielt ich meinen atemlosen Gaul an vor dem Schloß zu Madrid, – ich bin ein Kind der Stadt und kann euch wohl sagen, ihr Herren, daß mein Herz doch hoch schlug, als ich den Manzanares wieder einmal rauschen hörte. Ich hatte von seinem Rauschen oft genug vor nicht langer Zeit im Feldspital im Wundfieber geträumt. Und das erreichte Ziel, die stolze Botschaft, die ich trug, die Erwartung einer fabelhaften Belohnung, die ich träumte, trieben mir auch das Blut heftiger in den Adern um. Finsternis und Grabesstille lagen auf der Burg und der Stadt; es war, wie ich nachher vernahm, am gestrigen Tage ein großes Autodafé gewesen, und die Bevölkerung schlief den Festestaumel aus; – alles schlief, selbst der König Don Philipp. Die Wachen hielten mir die Partisanenspitzen auf die Brust in dem Augenblick, als mein erschöpftes Roß unter mir auf dem Pflaster zusammenstürzte. Ich war ebenso atemlos vom letzten wilden Ritt, wie mein Pferd, aber doch hatte ich noch Kraft genug, zu keuchen: Briefe aus Flandern! Briefe an den König! Briefe vom Prinzen Alexander von Parma! Viktoria! – Die Waffen senkten sich, Hofleute eilten herbei, fragten mich aus, und dann wurde ich durch die Hallen des Schlosses zu dem Schlafgemach unseres Herrn geführt. Mein Herz erzitterte wie meine todmüden Glieder. Es schwamm mir vor den Augen, als ich in des Königs Kammer an dem Bette des Königs kniete und ihm den Brief des großen Prinzen reichte. Auf seinen Ellenbogen gestützt, erbrach unser Herr Don Philipp das Schreiben, überflog es mit seinen scharfen, scheuen Augen – der Oberkämmerer hielt die goldene Lampe – in Ewigkeit vergesse ich das Gesicht des Königs nicht, das Zittern nicht, welches die gelblichbleichen Züge überkam. Hoch auf richtete er sich von seinem Lager, hager und schwächlich, und stieß einen Ruf aus, der fast ein Schrei war:

„Antwerpen ist über! Antwerpen ist über!"

Und die Lampe in der Hand des Höflings fing auch an zu zittern. Aus dem Bette erhob sich der König; er stützte sich ganz gegen die Etikette dabei auf meine Schultern, die Schulter des einfachen mit dem Staub und Schweiß der Wege bedeckten Soldaten. Die adligen Herren warfen ihm einen Rock um die Schultern; – seit der Nachricht vom Sieg bei Lepanto hatte solche Freudenbotschaft das Ohr des Monarchen nicht getroffen. Durch die Gänge des Schlosses eilte er schnellen Fußes an die Tür seiner Lieblingstochter, der Donna Clara Isabella Eugenia, klopfte, – was war der katholischen Majestät ihre Etikette in diesem Augenblick? – an die Tür der Prinzessin klopfte er, öffnete sie ein wenig, schob den Kopf in das Gemach und flüsterte der schlaftrunkenen, erschreckten Tochter zu:

„Antwerpen ist über! Antwerpen ist über, Donna Clara!"

Wie regte sich dann das Schloß, als die große Nachricht sich verbreitete..."

„Und Ihr? Ihr, Sennor Jeronimo?“ fragte der Kommandant von Fort Liefkenhoek seinen Hauptmann. „Was war Euer Lohn für solche freudiges glorreiche Botschaft?“

„Ja, was war Euer Lohn, Jeronimo? Ihr seid nicht Calatravaritter?“ fragten die anderen Offiziere.

„Nein, ich bin nicht Ritter vom Calatravaorden“, antwortete der alte Krieger. „Und was meine Belohnung anbetrifft, nun, eine goldene Kette hing mir die katholische Majestät um, und ein Obristenpatent gab man mir auch.“

„Ah!“ machte der Kommandant, und die übrigen Befehlshaber drängten näher heran.

„Jawohl“, sagte der Alte, „ich verstehe wohl, was Euer Blick sagen will, Sennor Colennello; er will sagen: nun, und was steht Ihr hier jetzt als mein Untergebener, als ein armer, halbinvalider Söldner? Ist es nicht so?“ fragte er und blickte im Kreise umher. „Nun, ich will's Euch auch sagen, da ich grad am Erzählen bin. Knöpft die Ohren auf, junges Volk, es mag eine Lehre für euch drin liegen. Am dreizehnten Julius 1591 schlug der Prinz Farnese sein Lager vor Fort Knodsenburg, Nimwegen gegenüber, es zu belagern; aber Gerhard de Jonge, der niederländische Befehlshaber, war ein tapferer Mann und machte uns blutige Arbeit. Ihn zu entsetzen, rückte auch Moritz von Oranien über Arnheim in die Betau und zog nach gelegtem Hinterhalt her zur Rekognoszierung vor unser Lager. Da ritten wir aus, sieben Kornetten, spanische und italienische Speerreiter gegen den Feind. Kann euch sagen, wackere Ritter saßen auf: Francesco Nicelli, Alfonso Davales, Padilla, Jeronimo Caraffa, Decio Manfredi und andere. Des Herzogs Leibkornette führte ich an dem Tage – Fluch sei ihm! Vorwärts gegen den Feind ging's, und eilends zog sich dieser zurück, bis – wir in den Hinterhalt fielen und aufgerieben wurden bis auf den letzten Mann. O heftiger Gott, dreißig Wunden, ehrliche Narben trug ich schon damals auf dem Leib, bei jedem Gefecht hatt' ich geblutet, und dieses Mal – dieses Mal, als alle Gefährten tot und wund das Feld deckten, blieb ich allein unverletzt. Des Herzogs von Parma sieghafte Standarte aber, die ich führte, blieb in der Hand des Feindes! Einen gestickten Christus trug sie mit der Unterschrift: 'Hic fortium dividet spolia'. – Da ging meine Kriegsehre zugrunde. Am folgenden Tag riß man mir die goldene Ehrenkette ab, die mir Don Philipp gegeben hatte; meine Stelle bekam ein anderer,

Glücklicherer; ich durfte mich als gemeiner Söldner in der großen Masse verlieren; meinen Namen warf ich fort und nahm Dienste in einem deutschen Regiment, grau und gebeugt ward ich in einer einzigen Stunde, Hauptmann unter meinem jetztigen Namen auch wieder und so – Euer Untergebener, Kommandant, euer Kamerad, ihr Herren – wendet euch nicht ab!“

Der Kommandant von Fort Liefkenhoek reichte dem Erzähler die Hand und schüttelte sie stumm und herzlich: auch die andern drängten sich, ihm die Hände zu reichen.

„Basta!“ sagte der Alte. „Was tut's, zuletzt ist's doch alles einerlei. Wieviel Glanz, Ehre und Ruhm hab' ich verlöschen sehen – im Eskorial schläft Don Philipp der Zweite; zu Parma liegt der große Prinz Alexander; – wo blieb Fernando Alvarez von Toledo, der Herzog von Alba? Wo blieb unser gewaltiger Feind Wilhelm der Schweigende?“ 'Quo pius Aeneas, quo divus Tullus et Ancus?' lachte ein junger Fähnrich, der eben erst der hohen Schule zu Salamanca entlaufen war; aber niemand achtete seiner, und der Kapitän Jeronimo fuhr fort: „Basta, Kameraden; ein jeder tue seine Pflicht und halte sich für einen ehrlichen Mann! Sennor Kommandant, laßt die Leute das Gewehr wegsetzen, die rote Ruhr streicht sie Euch morgen sonst von der Musterrolle. Die Geschichte auf den Wassern dort drüben ist zu Ende – seine katholische Majestät Don Philipp der Dritte und seine genuesischen Gnaden Signor Federigo Spinola haben ein gutes Schiff weniger. Laßt die Leute schlafen gehen, Oberst; morgen werdet Ihr schon das Weitere und Nähere erfahren."

„Ihr glaubt, Unglücksverkünder? Ach, Euer teuflisches Mißgeschick hat Euch den frischen Mut allzu sehr geknickt. Faßt Mut, wackerer Jeronimo."

Der Hauptmann zuckte nur die Achseln.

„Nun, es sei", sagte der Kommandant. „Laßt die Zeichen geben, die Wälle zu verlassen. Nachher erwarte ich euch alle, meine Herren, zu einem Trunk Wein; es wird ja doch wohl keiner von euch mehr schlafen in dieser Nacht. Mut ihr Herren, und Spanien für immer!"

Die Offiziere riefen das letzte Wort ihres Befehlshabers nach, aber doch mit ziemlich beklemmten Stimme. Dann wirbelten die Trommeln, und die Truppen zogen zurück von den Wällen des Forts Liefkenhoek.

Der Kommandant blieb aber noch zurück, stützte seufzend die Ellbogen auf die Mauerbrüstung und legte das Kinn auf die Hände. So starrte er auf die Wasser und in die Nacht hinaus und murmelte:

„Er hat recht; es ist ein leidig Ding um diesen Krieg. Vierzehn Jahre flattert nun wieder das Banner von Spanien auf diesen Wällen und auf den Mauern und Türmen von Antwerpen; sind wir aber darum nur einen Schritt weiter in der Besiegung dieses heldenmütigen, starrköpfigen Volkes? Welche Männer haben auf dieser winzigen angeschwemmten Erdscholle gekämpft und geblutet! Welche Männer haben gekämpft um diesen Fleck! Wie leuchtende Sterne glänzen durch die Zeiten die Namen von Freund und Feind, die Namen Alexander Farnese, Mansfeld, Mondragone, Johannes Pettin von Utrecht, Aldegonde, Gianibelli, Johannes Baptista Plato, Barrai, Capisucchi, Olivera, Paz, La Motta, Delmonte und hundert andere. Tausend und aber tausend Ungenannte liegen dort unter dem Sande, unter den Fluten; – wie viele werden noch darin versinken?“

Die Besatzung hatte sich längst zurückgezogen, und man vernahm nichts mehr auf dem Wall von Fort Liefenhoek, als den Ruf und Schritt der Ronden und das Brausen der Wogen und des wiedererwachenden Sturmes.

Nochmals umschritt der Kommandant seine Mauern und schärfte den verdoppelten Wachen ein, ja gute Wacht zu halten; dann stieg auch er hinab und suchte seine Wohnung auf, wo er seine Offiziere, seiner Einladung gemäß, alle bereits versammelt fand. Nur der Hauptmann Jeronimo fehlte; er pflegte immer zu fehlen bei den Gelagen seiner Kriegsgesellen; man ließ ihn gewähren, bedauerte ihn und scherzte und lachte über seine Prophezeiungen.

Der Alte aber hatte doch recht! Wohl hatten in dieser Sturmnacht der katholische König und Friedrich Spinola von Genua ein wackeres Schiff verloren. Der nächste Morgen warf die verkohlten Trümmer der Immacolata Concezione an die Dünen von Südbeveland dem ketzerischen Volk vor die Füße, und die Abendflut trug mehr als eine verstümmelte Leiche mit der hispanischen Feldbinde zu den Mauern von Fort Bats. Die schlimme Voraussagung des Kapitäns Jeronimo war eingetroffen, die Wassergeusen hatten den Sieg behalten in dem nächtlichen Gefecht.

An Bord der Andrea Doria

In die Stadt Antwerpen brachten Fischer die Botschaft von dem nächtlichen Vorgang, und groß war darob, je nach der Parteistellung, der heimliche Jubel oder die laute Wut der Bevölkerung.

Auch in der Stadt lief baldigst durch das Volk der Name der „schwarzen Galeere“ und wurde mit mehr oder weniger Zuversicht mit dem geschehenen Unheil in Verbindung gebracht.

Wer konnte in solcher Sturmnacht, wie die vergangene war, solche Tat anders getan haben als die schwarze Galeere?

Auf den Plätzen, in den Gassen, in den Werkstätten, in den Kirchen, auf dem Rathause und in der Zitadelle wurde das Wort gehört. Auf den Kriegs- und Handelsschiffen, die am Kai, dicht an den Häusern und Mauern der Stadt vor Anker lagen, lief es um. Überall, wie gesagt, sah man Bestürzung oder geheimes Frohlocken auf den Gesichtern.

„Die schwarze Galeere! Die schwarze Galeere!“ –

Das war Federigo Spinola, ein edler Genueser Patrizier, ein unternehmender Sohn des berühmten Geschlechtes jener reichen Republik, welcher mit dem König von Spanien, Philipp dem Dritten, einen Vertrag abgeschlossen hatte, für den Dienst der katholischen Majestät eine Flotte gegen die niederländischen Rebellen auszurüsten und dieselbe in die Nordsee zu führen. Alle Beute, alle Schiffe, welche den Ketzern abgenommen wurden, waren Eigentum des Admirals Federigo, und so fuhr er mit einer bedeutenden Anzahl Galeeren und Galeonen, bemannt mit sechzehnhundert kühnen Männern, aus von Genua, schiffte durch die Straße von Gibraltar, umfuhr das Kap Finisterre, nahm im Busen von Biscaya eine große Anzahl verwegener biscayischer Piraten und Kaper in sein Schiffsgefolge auf, desgleichen eine große Anzahl Dünkirchner Freibeuter und erschien am 11. September 1599 im Hafen von Sluis, wo er Anker warf und von wo aus er seine Tätigkeit in dem nordischen Meer begann.

Zum erstenmal wurden die Wellen der Nordsee von diesen romanischen Ruderfahrzeugen gepeitscht, deren sich bis dahin nur die Anwohner des Mittelländischen Meeres bedient hatten. So kam es, daß anfangs selbst die wackern, nichts fürchtenden seeländischen Schiffsleute den Schrecken des Unbekannten fühlten vor diesen italienischen Galeeren, die gleich riesenhaften Wasserkäfern mit hundert Ruderfüßen die Wogen schlugen.

So machte Federigo Spinola anfangs ein vortreffliches Geschäft und gewann manch reichbeladenes Kauffahrteischiff, manch armes Fischerboot den Niederländern ab, bis der erste Schrecken von den letzteren überwunden war und sie es wagten, den neuen Feinden kühner an den Leib zu gehen. Ein zahlreiches Geschwader sandten die Generalstaaten aus, und in einem heißen Gefecht ward nicht nur eine große Anzahl der feindlichen Kaper vernichtet, sondern sogar auch eine der schrecklichen Galeeren genommen.

Im Triumph brachte man das merkwürdige Schiff nach Amsterdam, und hier wurde nach diesem Modell ein ähnliches Fahrzeug gebaut und mit den kühnsten Herzen und Händen bemannt. Drohend schwarz war seine Farbe, und bald genug wurde die schwarze Galeere den Spaniern und dem Admiral Federigo Spinola schrecklich. Die Spekulation des Genuesers trug von da an nicht mehr so gute Früchte wie im ersten Anfang. So war die schwarze Galeere kein Geisterschiff, kein Gespensterschiff, sondern ein Ding von Holz und Eisen, und seine Bemannung war auch keine Gespensterschar. Wesen von Fleisch und Blut kletterten in den Tauen, richteten die Segel, luden die Drehbassen, schlugen die Lunten auf und enterten die feindlichen Schiffe mit dem wilden Schrei:

„Lieber Türk als Pfaff!“ – – –

Über die schwarze Galeere unterhielt sich auf den Plätzen und in den Gassen der großen Handelsstadt Antwerpen das Volk, und jeder Nachbar wollte Genaueres wissen über das Gerücht, daß das treffliche Ruderschiff, die unbefleckte Empfängnis, gestern Nacht durch die Seeländer in die Luft gesprengt worden sei.

Dann wurde es allmählich wieder Abend; ein dichter Nebel stieg auf von der Schelde und legte sich über die ganze Stadt

Antwerpen. Die Lichter am Kai schimmerten rötlich durch den Dunst, feucht träufelte es aus dem Tauwerk der Galeone Andrea Doria, welche dicht unter den Mauern und Häusern am Kai vor Anker lag und auf deren Deck der Capitano Antonio Valani, ein junger Mann von ungefähr dreißig Jahren, in seinen Mantel gehüllt, auf und ab schritt, während die Wellen des Flusses leise klatschend den Bauch seines Schiffes umspülten und von dem Kai und der Stadt her noch dumpf das Getöse der regen Bevölkerung hersummte.

Eben hielt der Kapitän in seiner Wanderung ein und starrte nach den Lichtern der Stadt, die über die Mauer schimmerten, hinüber, als an seiner Seite sein Leutnant Leone della Rota, ein Jugendfreund aus der Strada Giulia, erschien und ihm die Hand auf die Schulter legte:

„So in Gedanken, Antonio?"

Der Angeredete blickte fast erschreckt in die Höhe.

„Ah, du bist's, Leone? Nun, bringst du eine Nachricht von draußen?"

„Ja, aber leider eine sehr schlechte. Sie ist vom Fort Liefkenhoek an den Admiral gekommen; die Geschichte von der vorigen Nacht ist wahr. Die Immacolata hat der Teufel geholt, Schiff und Mannschaft, Mann und Maus. Nur der Kajütenjunge ist bei Fort Bats auf einer leeren Wassertonne lebendig an das Land geritten. Da hat's großen Jubel unter den Ketzern gegeben, und die seeländischen Weiber – schauderhaft häßliche Kreaturen, Antonio – haben den Burschen fein säuberlich abgetrocknet und ihn mit einem gottverdammten Kompliment hierher an seine Exzellenz, den Gouverneur, geschickt. Sie haben ihn oben auf der Zitadelle gehabt; na, wir werden wohl bald vom Admiral Nachricht erhalten."

„Gott gebe es", rief der Kapitän des Andrea Doria, unwillig sein Deck mit dem Fuß stampfend. „Leone, ich halt's nicht mehr aus, hier so müßig vor Anker zu liegen!"

„Müßig?!" lachte der Schiffsleutnant. „Nun, beim schönen Leib der Venus, das wüßte ich doch nicht. Ich sollte denken, wir hätten die Zeit, welche wir hier vor Anker liegen, doch nicht so ungenutzt verstreichen lassen. Corpo di Bacco, was für eine stolze Eroberung hab' ich gemacht an der feisten

Signora dort in der Taverne zum Wappen von Alcantara. Ich bitte dich, Antonio."

„Du nimmst das Leben noch leicht, Leone!" sagte der Kapitän seufzend.

„Oheim", lachte der Leutnant, „fasse dich doch an deinen eigenen Busen, Freund, und sing mir nicht solche Phrasen vor. Ah, wende den Blick nicht so kläglich seufzend weg von mir. Bitte, schau meinem Finger nach, – dort, sieh, jenes Licht dort über der Stadtmauer – in jenem Eckfenster! Folge nur meinem Finger, siehst du es? Ohe, Antonio, Antonello, Capitano, Capitanino, wer wohnt dort? Sag mir, wer hat jenes Lichtchen angezündet? Ist es nicht das süßeste Kind, welches dieses hyperboräische Land, ich sollte sagen, dieser hyperboräische Sumpf, jemals, so lange es hier regnet, und das ist sehr lange, wie mir deucht, – hervorgebracht hat? He, ist nicht Antonio Valani, Kapitän dieser guten Galeone Andrea Doria, mit Leib und Seele den zwei blauen Augen und den blonden Haarflechten dieser bella Fianuninga verfallen?... wieder ein Seufzer? O Antonio, Antonio, bei unserer lieben Frau von Eythere, du bist doch ein gar trübseliger Gesell!"

Unwillig wandte sich der Kapitän ab.

„Ach laß mich, Leone; – bitte, geh zu deiner fetten Signora. Ich gebe dir Urlaub für die ganze Nacht bis zum ersten Hahnenschrei, daß ich dich und deinen losen Mund nur los werde vom Schiff. Geh, ich bitte dich, gehe und quäle mich nicht länger durch dein heiteres Gesicht. Wahrhaftig, ich gönne dir das leichte Blut und den lustigen Lebensmut; aber nun laß auch mir die einsame Stunde, wenn du mein Freund bist. Es sieht wüst in mir aus!"

„Antonio", sagte der Tenente ernster, „Antonio, bei meiner Ehre, ich wollte dich nicht quälen. Die dicke Wirtin im Wappen von Alcantara mag warten und nach der Türe lugen, so lang es ihr beliebt; – ich gehe nicht. Was Teufel, sprich, Carissimo, wie steht's mit dir? Vertraue mir, was dich bedrückt! Die böse Nachricht aus der Westerschelde ist's nicht; – vertraue mir, sollte es wirklich Wahrheit sein, was ich für Scherz nahm und scherzhaft behandelte? Solltest du im Ernst den Banden der blonden Zauberin verfallen sein?"

Der Kapitän Antonio seufzte hier recht tief, ohne zu antworten, und Leone fuhr fort:

„Und sie spielt die Grausame gegen dich? Gegen dich, den Liebling aller Damen in der Strada Balbi und in allen übrigen Straßen, Gassen und Sackgassen unserer lieben Vaterstadt Genova superba? Bei der Beherrscherin von Paphos, das verdient Strafe, die härteste Strafe. O, diese liebreizende Barbarin! ... Antonio Valani, Vorgesetzter und Freund, mit Schwert, Herz und Kopf steh' ich zu deiner Hilfe neben dir. Was wollen wir tun, das süße Kind dir zu gewinnen?"

Was darauf gesprochen wurde zwischen dem Kapitän und seinem Leutnant, wurde unterbrochen und ging verloren in dem Anruf des wachhabenden Schiffssoldaten an der Laufplanke; Trommelwirbel erschallte vom Kai herüber, Fackeln leuchteten, Waffen blitzten, Der Admiral Friedrich Spinola kam nachzuschauen, wie es aussah auf dem Andrea Doria und den übrigen Schiffen seiner Flotte unter den Mauern von Antwerpen. Er befand sich in der übelsten Stimmung, wie Antonio und Leone wohl merkten, als sie zu seinem Empfange herbeieilten. Sehr grimmig stampfte der Signor Federigo einher im Kreise seiner Kapitäne, die sich an Bord des Andrea Doria um ihn versammelten. Der unglückliche Kampf der letzten Nacht lag ihm schwer auf der

Seele. Ging das so fort, so fiel das Geschäft keineswegs so lohnend aus, wie es aussah auf dem Pergament, auf dem Vertrage, auf welchem Don Philipp der Dritte von Hispanien sein Yo el Rey über die Unterschrift des Genueser Nobiles gesetzt hatte.

„Hinaus mit euch allen!" schrie Don Federigo im Kreise seiner Kapitäne wütend, „hinaus in die See, und fangt nur diese verruchte schwarze Galeere. An ihre eigenen Rahen knüpft mir die ganze Mannschaft, und die Hölle habe ihre Seelen. Cospetto, morgen mit Tagesanbruch lichten die Anker die vier Galeeren, die hier noch vor Anker liegen. Hört ihr, Signori? Der Andrea Doria bleibt allein noch hier und erwartet nähere Befehle. Hört ihr, ihr Herren von den Galeeren, – morgen früh. Botschaft ist schon nach Sluis an die dortigen Befehlshaber gegeben, ebenfalls mit allen freien Schiffen in See zu gehen. Die schwarze Galeere – bringt mir die schwarze Galeere, oder der Satan –"

Ab stapfte der Admiral, den Rest seiner Rede verschluckend, und die Kapitäne schauten sich gegenseitig mit Grimassen an und dem Admiral nach:

„Diavolo – das war spanischer Pfeffer! – Auch eine Arbeit, die leichter zu bereden als zu tun ist! – Nun, ihr Herren? – die schwarze Galeere! – Gestern habt Ihr ja wohl Euren Koch gehängt, Francisco? – Jawohl, schade drum! – Sluis! – Spinola! – schwarze Galeere!“ so ging das an Bord der Andrea Doria durcheinander, bis endlich ein Befehlshaber nach dem andern sich entfernte, um die Vorbereitungen für die morgende Abfahrt zu treffen.

Antonio Valani und Leone della Rota fanden sich erst nach geraumer Zeit wieder allein auf ihrem Verdeck.

„Also die andern segeln, und wir bleiben hier? Auch gut!“ sagte Leone. „Gehen wir also auf unsere eigene Jagd aus, Antonio, vor allem aber gehen wir jetzt zur Taverne. Ausführlich sollst du mir dort alles erzählen, was dein Verhältnis zu der holden Flamländerin betrifft.“

„O nicht doch, Leone, laß mich!“

„Nein, nein; du sollst und mußt. Ich will dich heilen, Carino; ich bin ein guter Arzt in solchen Leiden. Manch einer hat's erfahren, und du sollst es auch erfahren, Tonino.“

Widerwillig ließ sich der Kapitän fortziehen von seinem Schiff. Unmutig folgte er dem Luogotenente durch die Gassen von Antwerpen zur Taverne zum Wappen von Alcatara, wo die dicke Wirtin sich in den lustigen Leone della Rota verliebt hatte und der Schatz freie Zeche und – freies Quartier hatte, so oft es ihm angenehm schien. Es war ihm aber sehr oft angenehm und gelegen.

Jan und Myga

In einem der hohen Giebelhäuser hinter der Stadtmauer am Kai von Antwerpen saß am folgenden Abend Myga van Bergen neben ihrer kleinen Lampe, ganz in Trauer gekleidet, – die Tochter des weiland so reichen und angesehenen Kaufmanns Michael van Bergen, von dem es jetzt heißen konnte: *Supremum diem obiit, senex et pauper*.

Wie wenn ein Sack voll neugeprägter Goldstücke ausgeschüttet wird, so, klang vor fünfzehn oder zwanzig Jahren die Firma van Bergen und Norris jedermann ins Ohr. Eins der reichsten Häuser des reichen Antwerpens repräsentierte diese Firma. Auf allen Meeren schwammen ihre

Schiffe, ihre Warenhäuser waren voll der köstlichsten Schätze Indiens und Amerikas; ihre Schreibstube war voll emsiger Schreiber. Ja, vor zwanzig Jahren hättet ihr auf der Börse oder im Haus der Oosterlinge, der großen Hansaniederlage, nach der Firma van Bergen und Norris fragen sollen; wahrlich guter Bescheid würde euch zuteil geworden sein.

Nun aber war Johann Geerdes Norris längst gestorben zu Amsterdam, und vor vierzehn Tagen war ihm zu Antwerpen sein ehemaliger Kompagnon in das Grab gefolgt, als Bettler.

Hättet ihr jetzt an der Börse oder im Hause der Hansa nach der Firma van Bergen und Norris gefragt: man hätte euch eure Frage vielleicht mehr als einmal wiederholen lassen und dann den Kopf geschüttelt. Wer kannte jetzt noch die Firma van Bergen und Norris? Nur die ältesten Kaufleute und Makler wußten sich ihrer noch zu erinnern.

Wie war das gekommen?

Die Antwort darauf ist leicht zu finden. Als das Haus van Bergen und Norris in seinem höchsten Glanze strahlte, regten sich tätig zweimalhunderttausend Einwohner in den Mauern von Antwerpen; jetzt waren dieselben auf achtzigtausend zusammengeschmolzen. Genügt euch das?

Werfen wir einen Blick zurück in die vergangenen Tage!

Das war am zwanzigsten August des bösen Jahres 1585. An diesem Tage hielten die Reformierten ihren letzten Gottesdienst in der Kathedrale. Nach der Kapitulation, welche die Stadt mit ihrem gewaltigen Dränger, dem Prinzen Alexander von Parma, abgeschlossen hatte, sollte am folgenden Tage der Katholizismus wieder Besitz nehmen von dem Heiligtum unserer lieben Frau, das er so lange den Ketzern hatte überlassen müssen.

Es war ein feierlicher, seltsamer Augenblick, als nun an diesem zwanzigsten August nach der letzten protestantischen Predigt die Tonwogen der protestantischen Orgel verrollten. Eine tiefe Stille trat ein, das Volk saß mit gesenkten Häuptern und betete leise und brünstig. Dann aber brach es aus – ein Ton halb Seufzer, halb unterdrückter Wutschrei – langhallend – Schmerz und Ingrimm! Ein Rauschen entstand, von den Sitzen erhob sich die Versammlung und stürzte wild und wirr gegen die Kirchtüren, gegen die hohen Portale, welche der katholische Teil der Bevölkerung bereits umlagerte.

Triumph und Niederlage!

Mönche aller Orden drängten sich hohnlächelnd oder drohend den gedemütigten, still weinenden oder grollenden Ketzern in den Weg, ihre Rosenkränze frohlockend erhebend.

Wie lange war es her, seit sie vor dem Rufe: „Papen uyt! Papen uyt! Die Pfaffen fort! Fort mit den Pfaffen!" diesen selben Ketzern hatten weichen müssen?

So wechseln die Geschicke der Menschen, so wechseln Triumphe und Niederlagen im Kampfe der Geister.

Am zwanzigsten August bestand noch in voller Kraft und großem Ansehen das Handlungshaus van Bergen und Norris; – am siebenundzwanzigsten August löste sich die Firma. Alexander Farnese zog mit großem Pompe in die gewonnene Stadt ein; Jan Geerdes Norris verließ sie mit seinem zehnjährigen Söhnlein und vielen anderen, welche die spanische Gewalt nicht ertragen wollten. In der Stadt zurück blieb Michael van Bergen mit seinem sechsjährigen Töchterchen. Jeder der beiden Kompagnons handelte nach seinem Charakter, der starkmütige, zornmütige Norris und der ängstliche, weiche van Bergen. Der eine trotzte dem Verhängnisse, solange es ging, und wich, als der Kampf entschieden war, an dieser Stelle, um ihn anderswo wieder aufzunehmen. Der andere beugte sich den Verhältnissen und litt schweigend, was er nicht zu ändern vermochte.

Doch das ist lange vorüber, und unsere beiden Helden sind nicht Geerdes Norris und Michael van Bergen, sondern Jan Norris und Myga van Bergen, die Kinder der einst so berühmten Firma.

In was für einer schreckenvollen, verwüsteten, grauenhaften Welt hatten die beiden Armen das Licht erblickt. Wie oft waren die Wiegenlieder der Mutter durch das Krachen des Geschützes nah und fern zum Schweigen gebracht worden. Wie oft hatten die Väter Söhnchen und Töchterlein niedersetzen müssen vor den Knien, weil die Notglocke sie hinausrief auf die Wälle oder zum Rathaus!

Arme kleine Wesen! Niemals hatten sie gleich andern, in glücklicheren Zeiten geborenen Kindern gefahrlos in schattigen Wäldern, auf grünen Wiesen sich herumtummeln dürfen. Niemals hatten sie die blauen Kornblumen, den roten Feldmohn vom Rande der Ackerfelder zum Kranze winden dürfen.

Die Wälder füllten ja die streifenden Parteien des katholischen Königs, die wilden Rotten der Waldgeusen, das rechtlose, heillose, versprengte Gesindel aller Völker Europas.

Auf den grünen Wiesen schlugen die Heere Spaniens, die Söldnerhaufen aus Deutschland, England, Frankreich, Italien, die Krieger der Provinzen, des Prinzen von Oranien ihre Hütten und Gezelte auf.

Die Kornfelder fielen, noch ehe die goldene Frucht reifte, noch ehe die roten und blauen Blumen blühten, den Rossen und Fußtritten der ziehenden Heerscharen zum Opfer.

Wo war ein friedliches Fleckchen zu finden auf diesem zertretenen Erdenwinkel, welchen der König von Spanien sein Eigentum nannte?

In den engen, dunkeln Gassen der Stadt Antwerpen hinter den hohen Mauern, Wällen und Türmen Paciottis hatten die armen Kinder ihre Spielplätze, und oft genug waren auch diese unsicher und gefahrbringend. Oft genug verwandelten sich die Häuser der Bürger in Kerker, in welchen die Bewohner sich selbst einschließen, in welchen sie ihre eignen Kerkermeister sein mußten, um sich vor dem draußen umgehenden Unheil zu schützen.

Ganz anders mußte sich die Weltanschauung dieser beiden Kinder als anderer, glücklicherer gestalten, und manche schöne Blüte wurde durch das finstere, kalte Gewölk, das über den Zeiten lag, in der Knospe erstickt und vernichtet.

Wie oft sahen Jan und Myga während der ganzen langen Belagerungen des Prinzen von Parma von den Fenstern aus, in welchen sie ihre bunten Puppen und Tiere aufstellten, den Krieg mit seinen Schrecken in der Gasse vorüberziehen!

Ein Paar sollten Jan und Myga werden, hatten die Väter und Mütter unter sich ausgemacht, als die große Firma van Bergen und Norris noch stand. Als die Kapitulation zwischen dem Prinzen Alexander und der Stadt aber unterzeichnet wurde, zerriß in seinem Sinn Jan Geerdes Norris den Vertrag über das Hochzeitsbündnis seines Söhnleins mit dem Töchterlein seines Kompagnons Michael van Bergen. Die Ehefrauen der beiden Handlungsherren waren damals bereits beide tot.

Am siebenundzwanzigsten August 1585 wurden die beiden Kinder voneinander getrennt, und der zehnjährige Bube, das sechsjährige Mädchen schluchzten bitterlich darüber; aber es war Krieg, und der Krieg trennt wohl noch viel grausamer Herz von Herzen. Man hielt sich versichert, daß die beiden Kinder ihre ersten Jugenderinnerungen bald genug vergessen haben würden.

Wir wollen sehen, ob dem so war. –

Die Jahre sind vergangen, – tot ist Johann Geerdes Norris, tot ist Michael van Bergen, nachdem sein Reichtum vergangen ist wie Schnee an der Sonne.

In ihrem Stübchen hinter der Mauer am Kai zu Antwerpen saß Myga in ihren schwarzen Trauerkleidern, – ein wunderholdes Jungfräulein, noch gar bleich von den langen Nachtwachen am Bette ihres sterbenden Vaters. Sie spann, – ihre Augen waren voll Tränen und ihr Herz voll unausgeklagter Schmerzen und Sorgen. Seit dem Tode ihres Vaters war das arme Kind ganz einsam in der großen Stadt, in einer so wilden Zeit, wo die Schwachen fast rechtlos jeder Unterdrückung, jedem Übermute preisgegeben waren.

Ganz verlassen war Myga van Bergen?

Armes Kind! – Daß sie nicht ganz verlassen war, gehörte auch mit zu den Sorgen Mygas.

Wohl kümmerte sich noch jemand um das Kind Michaels van Bergen, wohl wußte die Waise, daß ein treues Herz ihr geblieben war, daß – Jan Norris von Amsterdam den letzten Blutstropfen für sie hingeben werde; aber Jan Norris war ein Verfemter, dem der Galgen drohte, wenn eine spanische Hand ihn griff in den Gassen von Antwerpen. Und Jan Norris, der Wassergeuse, erschien oft in mancherlei Vermummung in den Gassen von Antwerpen.

Jan Norris hatte seine Jugenderinnerungen nicht so bald vergessen, wie Jan Geerdes Norris, sein Vater, meinte.

Noch immer waren Jan und Myga Bräutigam und Braut. Keine Macht auf Erden sollte sie trennen, hatten sie sich gegenseitig geschworen; was jedoch daraus werden sollte, wußte aber, solange der alte Michael noch lebte, keines von beiden zu sagen.

Nun war Michael van Bergen tot und begraben seit vierzehn Tagen; aber Jan war verschwunden seit Monden. Lebte er noch? Hatten ihn die Wogen verschlungen? Hatten ihn die Spanier beim Entern gefangen und gehangen? Wer konnte das sagen?

Was sollte die arme verlassene Myga anfangen in der wüsten Welt, wenn Jan tot war?

Die Nacht rückte allmählich vor; aber Myga fürchtete sich, sich niederzulegen. Schlafen konnte sie doch nicht vor Gram und Beklemmung, was sollte sie im Bette? Es wurde allmählich recht kalt im Stübchen, aber die Waise schien die Kälte nicht zu spüren, sie legte nicht neue Kohlen in den winzigen Kamin. Sie stellte die Spindel weg und bedeckte das Gesicht mit den Händen, das Haupt zur Brust neigend. So saß sie noch eine geraume Zeit, bis sie sich endlich fröstelnd doch erhob, um ihre Lagerstatt zu suchen.

Noch einmal beugte sie sich zu den Riegeln ihrer Tür nieder, um nachzuschauen, ob dieselben auch ordentlich vorgeschoben seien, als sie auf einmal horchte – atemlos horchte.

„Myga?!“ flüsterte es draußen.

Die Waise erzitterte am ganzen Körper.

„O mein Gott!“

„Myga?!“ flüsterte es noch einmal durch das Schlüsselloch.

Mit einem Schrei schob das junge Mädchen die Riegel weg, drehte den Schlüssel im Schlosse. Auf flog die Tür, und ein Jüngling in der Offizierstracht eines Söldnerregiments mit der spanischen Feldbinde über der Schulter hielt im nächsten Augenblick das schöne Kind in den Armen.

„Myga, o Myga!“

„O Jan, Jan, lieber, lieber Jan!“

Heiße Küsse ersetzten für die nächsten Minuten das Wort den beiden. Dann aber sank Jan Norris, wie es schien, vollständig erschöpft, auf den nächsten Stuhl, und Myga bemerkte nun erst die Unordnung der Kleider ihres Geliebten, bemerkte, daß er den Hut verloren hatte, daß seine Wangen von einer leichten Schramme blutete.

„Um Gottes willen, was ist wieder geschehen, Jan? Ich zittere o, du hast dich wieder einmal tollkühn in Gefahr gestürzt – o Jan, Jan, böser Jan!“

„Wahrhaftig, um ein Haar, so hätten sie mich diesmal erwischt, Myga! Aber fürchte dich nicht, süßes Lieb, nur beinahe hätten sie mich gepackt – Teufel, wie ein Hund hätte ich freilich gebaumelt, wenn's nicht so gut abgelaufen wäre!“

„O Jan, und du willst mich lieben? Du willst mich erretten aus dieser Stadt? O barmherziger Gott! Zugrunde wirst du gehen und ich auch, und mein Vater ist auch tot, o du heiliger, barmherziger Gott, was soll aus mir werden? Wer soll mich schützen, wer soll mir helfen?“

„Du hast recht! Leider Gottes hast du recht, armes Lieb! Ach, und dein Vater ist nun auch gestorben, und ich bin nicht dagewesen, dich zu trösten in deinem Kummer. Mußte vor Dünkirchen kreuzen derweilen, die Freibeuter in den Grund zu bohren; – o, es ist hart, Myga, und doch – doch konnt' ich nicht anders und heut abend auch nicht. Das edle Vaterland hochzuhalten, soll jeder sein Leben dran setzen; – ach Myga, Myga, lieb mich noch ein wenig, trotzdem daß ich dir ein schlechter Schutz und Schirm bin. Der arme Vater Michael“

„Laß den toten Vater, Jan! Ihm ist wohl, er hat Ruhe und braucht niemanden mehr zu fürchten, – ach, man muß die

Gestorbenen wohl beneiden in dieser blutigen, schrecklichen Zeit!“

„O Myga, sprich nicht so. Ein Elend ist's freilich wohl, daß der Vater starb; aber – nun bist du ja ganz mein! Nun kannst du ja mit mir gehen nach Amsterdam, nun fesselt dich nichts mehr in diesem armen Antwerpen. Myga, tröst dein Herz, wir sehen doch noch fröhliche Tage, mein süße, süße Braut. Noch eine kurze Zeit, und ich hole dich – gib Achtung, vielleicht mit einem stattlichen Hochzeitsgeleit, daß keine Königin sich dessen zu schämen hätte. Vielleicht läuten sie die Glocken, rühren sie die Trommeln, vielleicht feiern sie mit Geschützesdonner die selige Stunde, in welcher ich dich davonführe aus Antwerpen. Gib acht, ob's nicht wahr wird, was ich dir in aller Heimlichkeit vertraue.“

„Ach, welche Phantasien, du wilder, lieber Jan Norris! Sag mir, wie sollt' das geschehen, daß du mich so feierlich heimholen würdest? Nein, sag's mir nicht, denn es ist doch eitel Torheit; bericht' mir lieber von der Gefahr, der du soeben kaum entrannst. Es kommt mir nun auf ein nächtlich

Traumbild nicht mehr an, dafür sorgst du schon, tollköpfiger Jan.“

„Nicht so tollköpfig, als du meinst, Lieb!“ lächelte der Jüngling. „Der Kapitän der schwarzen Galeere würde sich sonst wohl hüten, des Jan Norris Kopf und Beine, Herz und Arme also zu gebrauchen, wie er es tut. Einer großen Sache wegen bin ich hier in der Stadt – wir wollen gern eine Tat tun, daß die Antwerper Kinder noch nach hundert Jahren davon singen mögen. Deshalb Kundschaft zu holen, steck' ich hier in diesem Plunder, in deutschen Pluderhosen, statt in seeländischen Schifferhosen. Nun höre, Myga. Ich habe am Kai meine Geschäfte abgemacht und in Erfahrung gebracht, daß vier Galeeren des Spinola heute am frühen Morgen in See gegangen sind zur Jagd auf die schwarze Galeere; dabei habe ich leider Gottes ausgekundschaftet, daß der Vater Michael gestorben ist, habe mir das letzte genuesische Schiff, das hier vor Anker liegt, den Andrea Doria – seiner Braut wegen genau angesehen, und der Abend ist derweilen herangekommen. Hatte den Tag schon oft genug heimlich nach deinem Fensterlein heraufgeschaut, lieb Kind, aber nicht die Minute gefunden, hinzuschleichen zu dir, da mancherlei Volk mir an den Fersen hing. Denk' ich also, die Dunkelheit zu erwarten - ich hab' ja den Hausschlüssel – und schlendere gemächlich durch die Gassen, bis mir vor einer hellen Kneipentür in den Kopf kommt, die Nacht sitzend abzuwarten und beiaus noch ein wenig auf des Volks und der Fremden Gehaben Achtung zu geben – wegen meines Geschäfts, verstehst du! – Gut, ich trete ein in die Taverne, fordere eine Flasche Wein und setze mich hinter den Tisch, die Ellenbogen aufstemmend, als wäre die ganze Welt mein und ich gar nicht in Not und Sorgen um die arme Myga, deren Vater starb, ohne daß ich zu ihrem Troste dabei war. Um mich her ist ein Gewirr wie beim Turmbau zu Babel. Deutsche, Burgunder, Spanier, Italiener, Niederländer schwatzten und fluchen und schreien, jede Kreatur in ihrer Sprache, und saufen alle auf dieselbe Weise. Jeder Tisch und Winkel ist besetzt, und nur neben mir sind noch zwei Plätze leer. Da kommen zwei patzige Burschen – ich kenne sie recht gut, der eine ist der Kapitän vom Andrea Doria, der andere ist sein Leutnant. Steigen über Tisch und Bänke und sitzen bei mir nieder. Ich mache ihnen auch gern Platz, denn ihre Bekanntschaft ist mir viel wert, und jedes Wörtlein, so sie sprechen, leg' ich auf die Goldwaage. Tue ich aber, als ob ich sie nie mit Augen gesehen habe, lege wie schläfrig den Kopf auf beide Arme und kümmere mich um die Welt nicht, knöpfe aber die Ohren weit auf. Nun rufen die beiden Welschen nach Wein, und der Jüngste, der Leutnant, nimmt das Schenkmädel um die Hüfte. Der andere aber sieht ganz kläglich und melancholisch drein, als wär' ihm tüchtig die Petersilie verhagelt; – ich hätt' über ihn lachen können; aber beim Eid der Geusen, es war nichts zum Lachen! Nun gehen die Worte hin und her, und anfangs ist natürlich nur die Rede von unserer stolzen Tat, von dem Tanz in der vorvergangenen Nacht, von der Himmelfahrt der Unbefleckten Empfängnis. Darüber frohlocke ich im Herzen; aber auf einmal stehen mir alle Pulse stille, denn es wird ein Name genannt, den ich kenne. Von dir, Myga van Bergen, ist die Rede!"

„Von mir?" rief das junge Mädchen; „o Himmel, und der italienische Kapitän sprach von mir! O Gott, Jan, Jan, schütze mich vor dem! O, wie fürcht' ich den!"

„Also ist's so, der Hund stellt seine Schlingen nach dir?!!" rief Jan Norris mit dumpfer Stimme, und Myga barg ihr Gesicht an seiner Brust und nickte zitternd.

Der junge Wassergeuse knirschte mit den Zähnen und lachte ingrimmig.

„Der Trank wird nicht so heiß getrunken, als er gebraut wird; das wird der welsche Schuft schon erfahren. Tröst dich, Myga; bin ich nicht dir zur Seite und viele gute Gesellen hinter mir? Armes Kind, wie du erzitterst!“

„O Jesus, Jan, ich kann mir nicht helfen. Haben nicht die gewalttätigen, übermütigen Fremden die Macht? Wer hindert sie, ihren bösen Willen auszuführen? O Jan, Jan, nimm mich mit dir fort – in dieser Nacht noch, jetzt gleich!“

Jan Norris hielt die bleiche, zitternde Braut in den Armen und suchte sie auf alle Weise zu beruhigen. Als ihm dieses ein wenig gelungen war, erzählte er weiter von seinem Abenteuer in der Kneipe zum goldenen Löwen.

„Steilrecht standen mir die Haare empor, und alles Blut drängte sich mir ins Gehirn. Aber ich mußte mich bändigen, daß ich mich nicht verriet, und das war eine schwere Arbeit; aber Jan Norris kriegt's doch fertig und tat, als ob er den Teufel ein Wort von dem italienischen Gerede verstünde. Beim Grafen von Lumey, ein Bubenstück, schwärzer als die Nacht, ward da beraten; aber ich weiß alles, und das ist genug. Übermorgen in der Frühe segelt der Andrea Doria – der Befehl dazu ist vom Admiral gekommen – und weil die Gelegenheit so günstig ist, so wird in der nächsten Nacht der feine Plan ins Werk gesetzt. In der nächsten Nacht wird das wilde Täubchen Myga van Bergen in der Gewalt des Kapitäns Antonio Balani sein, mit Hilfe des Teufels und des Leutnants Leone della Rota. In der nächsten Nacht wird dieses Haus überfallen; – aber so leise geschieht das, daß kein Nachbar darüber erwacht, daß kein Hahn in ganz Antwerpen darum kräht. Auf die Galeone mit der Myga! Lustig, – an die Ankerwinde, meine Burschen – hoiho, hinaus zur Jagd auf die rebellischen Ketzer – lustig hinaus in die offene See; – wer hört auf der weiten See den Hilferuf und das Weinen der kleinen Myga? Himmel und Hölle, und der Jan Norris sitzt dabei im Löwen und darf nicht mucken, hält sein Messer in der Faust und darf die beiden flüsternden Schufte nicht über den Haufen stoßen!"

„O Jan, Jan, um meiner und deiner Mutter willen, – um unserer Liebe willen, rette mich! Laß mich nicht in ihre Hände fallen! Der Tod wäre weniger schrecklich als das!"

„Ruhig, ruhig, Kind! Es ist noch lange Zeit bis zur nächsten Mitternacht. Zu Amsterdam am Feuerherde wollen wir noch manch ein Mal uns dieser Geschichte erinnern. Verlaß dich auf mich, Herzensbraut, es wird dir nichts zuleide geschehen, solange der Jan Norris noch auf seinen zwei Füßen steht. Doch nun hör weiter; meine Geschichte ist noch nicht zu Ende. Ich muß dir erst noch sagen, wie es kam, daß sie den zweiten Steuermann der schwarzen Galeere in mir witterten. Das war eine lustigere Geschichte als die, welche ich dir eben erzählte."

„O Jan, Jan, fühle, wie mein Herz klopft; – o barmherziger Gott, wer schützt die arme Myga? O Jan, laß uns fliehen, jetzt gleich auf der Stelle, ich kann hier nicht mehr Atem schöpfen, die Luft dieses Zimmers erstickt mich!"

„Ruhig, ruhig, liebe Myga. Gern würde ich dich sogleich mit fortführen, und ein Boot würde auch bereit sein, uns aufzunehmen; aber horch nur hinunter in die Gassen – die ganze Stadt weiß in diesem Augenblicke, daß Männer der schwarzen Galeere verkleidet in ihren Mauern weilen. Horch nur das Getümmel drunten – das Laufen und Rennen gilt mir, da ist keine Möglichkeit, daß wir jetzt glücklich durchkamen.

Sitz nieder und zittere nicht so noch sind wir sicher, und Zeit schafft Rat – denk an diese Minute, wenn wir in Amsterdam am Winterfeuer sitzen. Hahaha, laß sie nur drunten suchen, zu flink und zu schlau ist ihnen der Jan Norris gewesen –'s wäre auch schad um den Burschen, wenn sie ihn gehangen hätten, nicht wahr, Myga?"

„O Jan! Jan!"

„Ah, bah, gib mir einen Kuß und – noch einen, und nun zu meiner Geschichte. Sitz ich also und beiße mir die Lippen blutig, aber verliere kein Wort des Gespräches neben mir, und die Schurken schwatzen weiter und frohlocken über ihren Teufelsanschlag. Dann trinken sie ihre Gläser aus, erheben sich von ihren Sitzen und wollen gehen, werden aber an der Tür durch einen großen Tumult zurückgehalten. Wird nämlich ein Bube auf den Schultern von zwei Kerlen hereingetragen, und ein groß Hurra entsteht, wie das Volk in der Schenkstube seiner ansichtig wird. Ist der Bub der Kajütenjunge von der Immacolata, der allein von der ganzen Schiffsmannschaft mit dem Leben davongekommen ist und ans Land kam nach einer tollen Fahrt durch Luft und Wasser.

Jeder will den Buben sehen. Jeder will ihn sprechen, und alle drängen sich zu ihm und reichen ihm ihre Becher und Krüge. Ich aber halte es für das beste, das Getümmel zu benutzen und mich unbemerkt zu entfernen. Schleiche ich also so dicht als möglich an den Wänden hin und habe fast die Tür erreicht, als das Unglück es will, daß das Auge des Schiffsjungen, der noch immer auf den Schultern seiner Träger kauert, auf mich fällt. Der Bube starrt mich an, als ob er ein Gespenst sähe, er wird bleich wie ein Käse und schreit aus Leibeskräften: „Hilfe, Hilfe! Ecco, ecco! Das ist einer! Hilfe haltet, haltet ihn!" – „Wer ist's? Wie? Was?" brüllt das Volk, und jeder sieht den Burschen und seine Nachbarn an. – „Da, da, der dort am Tische – haltet ihn, 's ist der Satan von den Wassergeusen, der den Kapitän Perazzo niederstieß – einer von der schwarzen Galeere!" – Ein Lärm bricht nun los, als platze die Hölle – alle Augen richten sich auf mich, alle Waffen fliegen aus den Scheiden, und auch ich reiße mein Messer heraus, mein Leben im Notfalle so teuer als möglich zu verkaufen. Nun stürzten sie sich auf mich; aber ich war behender als sie, fasse die nächste Bank und schleudere sie den ersten vor die Füße, daß ein ganzer Haufen darüber stolpert und am Boden sich durcheinander wälzt. Den

Augenblick benutze ich – bin mit einem hohen Satz mitten im Getümmel, schlage rechts und links mein Messer ihnen in die Fratzen – die Tür ist erreicht – ich bin in der Gasse – hinter mir höre ich das Gebrüll der Verfolger – Gott sei's gedankt, daß ich mein Antwerpen wie meine Tasche kenne. Kreuz und quer geht die Jagd, aber ich täusche sie durch mancherlei List; führe sie auf falsche Fährte und kreuze hier herüber. Am Kai ist's noch ganz still – mein trautes Schlüsselchen öffnet mir eine wohlbekannte Haustür – und – hier bin ich gerettet, um dich zu retten, traute Myga, süße Braut. Horch aber nur, sie geben die Hoffnung noch nicht auf, den Geusen zu hängen – zum Teufel, horch nur, die ganze Garnison kommt warhaftig auf die Beine – haha, eine große Ehre, meine Herren! Bedanke mich allergehorsamst, hahaha!"

Lachend horchte Jan Norris, zitternd horchte Myga van Bergen dem Lärm in den Gassen.

„O trauter Jan, bist du ganz sicher, daß niemand deinen Eintritt in dieses Haus gesehen hat? Höre nur, der ganze Tumult wälzt sich hierher – o Gott, schau aus dem Fenster – Fackeln und Speere – Jesus, sie schlagen an die Tür – sie suchen dich, Jan; barmherziger Himmel, schütze uns – verloren, verloren!“

Die Haustür ging auf, man schien in das Haus zu dringen; Jan Morris preßte die Zähne aufeinander und faßte den Griff seiner Waffe.

„Ruhig, ruhig – es ist nicht möglich! Ruhig, Myga!“

„Sie kommen, sie kommen!“ kreischte das Mädchen. „Sie steigen die Treppe hinauf, sie werden dich finden; Jan, Jan, laß mich mit dir sterben!“

Der junge Geuse war blaß wie der Tod.

„Hätte ich dich durch Unvorsichtigkeit so in Gefahr geführt, Myga? Das wäre schrecklich. Beim Eid der Geusen, da dringen sie die Treppe hinauf. Myga, o Myga!“

„Laß mich mit dir sterben, Jan!“ hauchte das junge Mädchen, an die Brust des Bräutigams sich klammernd.

Der Überfall

Nicht bloß im Wappen von Alcantara, nein, in allen Tavernen der kneipenreichen Stadt Antwerpen war der

Luogotenente Leone della Rota zu Hause. Er hatte seinen Freund und Kapitän, Antonio Balani, an diesem Abend in die Schenke zum goldenen Löwen mit sich gezogen, und widerwillig, wie gewöhnlich, war ihm der Kapitän dahin gefolgt.

Wer konnte aber widerstehen, wenn Leone della Rota etwas durchsetzen wollte?

Mehr leichtsinnig als bösartig, betrachtete der junge Leutnant die Welt wie einen großen Spielplatz, den Krieg wie eine prächtige Gelegenheit, tolle Streiche ungehindert auszuführen. Für einen tollen, lustigen Streich sah er den Raub der armen kleinen verlassenen Waise an; in seinem nichtsnutzigen Tollkopfe war der Plan dazu entsprungen, ihn durchzusetzen war, nachdem sein Freund mit Mühe dazu gebracht war, in ihn einzuwilligen – eine Ehrensache für ihn. Was ging den genuesischen Taugenichts die Sache der rebellischen Provinzen und die katholische Majestät von Spanien an? Ketzerinnen konnten sehr hübsch sein und Anhängerinnen der alleinseligmachenden Kirche grundhäßlich. Leone zog reizende Ketzerinnen häßlichen

Katholikinnen bedeutend vor und tat auch außerdem alles mögliche, um das alte Sprichwort, welches in Italien von seiner Vaterstadt umgeht: Genua hat ein Meer ohne Fische, ein Land ohne Bäume, Männer ohne Treu und Glauben, – nicht abkommen zu lassen.

In der Taverne zum goldenen Löwen hatte er, wie wir bereits aus Jan Norris' Erzählung wissen, mit Antonio Balani die letzten Verabredungen über den Entführungsplan getroffen. Gelang der Raub und kam dann der Andrea Doria von seiner Expedition glücklich zurück, wurde die schwarze Galeere genommen oder vernichtet: nun wer werde es dann wagen, gegen die Sieger als Ankläger aufzutreten? Kam die Galeone aber nicht zurück, dann – dann mochte die letzte Tat des Endes würdig sein. An das Eintreten eines dritten Falles, daß nämlich der Andrea Doria heimkehrte, ohne das feindliche Schiff gesehen zu haben, zu denken, hielt Leone della Rota durchaus unter seiner Würde. Der Kapitän ließ sich aber bereits von ihm führen, wie und wohin er wollte. An der Verfolgung des kühnen Wassergeusen hatten die beiden Genuesen nicht den mindesten Anteil genommen. Arm in

Arm schlenderten sie durch die Gassen, in denen die aufgeregte Menge sich umtrieb, dem Kai zu.

„Wären wir doch Narren, dem Halunken nachzurennen!" lachte Leone. „Lassen wir die andern dem verwegenen Bettler nachlaufen. Bei den Tauben der Aphrodite, seit ich dem sonst so kalten Antonio Balani als Führer im Zauberreich der Liebe diene, schwebt meine Seele hoch über diesem Nebellande. O Amor, Herzensbändiger, deiner Sturmfahne folg' ich; o Göttin Cythere, nimm uns unter deinen himmlischen Schutz!"

„Ich bitte dich, Leone, sei vernünftig, sei kein Narr. Mir ist merkwürdig zumute. In meinem ganzen Leben hab' ich nicht ein solch Gefühl im Busen getragen, Leone, mir ist – Leone, den ganzen Tag über, den ganzen Abend trage ich mich mit so seltsamen Gedanken – Leone, halt dich gut, vielleicht bist du bald an meiner Stelle Kapitän des Andrea Doria . . ."

„Und du Bizeammiraglio seiner Exzellenz, Don Federigo Spinolas –"

„Oder eine Leiche auf dem Meeresgrunde!" murmelte der Kapitän.

„Was? Todesgedanken? Todesgedanken unter dem Fenster des Mädchens deiner Liebe!“ lachte der Leutnant. „Nun bei allem, was in der Welt geschieht, das ist göttlich. O wär ich doch Franzesco Petrarca, um sogleich ein Sonett auf diese vortreffliche Seelenstimmung zu machen! Da schau, du Träumer, hier sind wir grad unter den Fenstern deiner Innamorata; – ihr Lichtlein leuchtet noch; – holla, welch ein Gedanke! – Antonio Balani, Freund meiner Jugend, deine Todesahnungen zu verscheuchen, wollen wir – wollen wir jetzt, jetzt in diesem Augenblick dem süßen Kinde da oben einen Besuch machen, wollen –“

„Leone?!“

„Haussuchung bei ihr halten. Alle tollen Einfälle seien gepriesen! Vorwärts im Namen des Königs, vorwärts im Namen der Liebe!“

„Leone, Leone!“

„Laß mich“, lachte der Leutnant. „Ich bitte dich, kann der Geuse, den die Tölpel dort suchen, nicht ebensogut sich in der Wohnung der Kleinen, wie in irgendeinem der andern Häuser dieser Stadt verkrochen haben? Voran, ahnungsloser Antonio, vorwärts, wir halten Haussuchung bei deinem holden Liebchen und lernen dabei desto besser die Hausgelegenheit kennen für die nächste Nacht!“

Ehe der Kapitän seinen wilden Freund zurückhalten konnte, war dieser hingesprungen zu der Tür Mygas gegen welche er mit der Faust schlug, mit lauter Stimme rufend:

„Aufgemacht! Aufgemacht im Namen seiner katholischen Majestät in Spanien! Aufgemacht! Verräter und Feinde haben Schutz gesucht in diesem Hause!“

Gleich strömten von allen Seiten Soldaten, Matrosen und Bürger von Antwerpen vor die Türe, die zu Mygas Wohnung hinaufführte, zusammen. Von Augenblick zu Augenblick wuchsen die Haufen. Halb in Verzweiflung suchte der Kapitän Balani dem Gelärm seines tollen Freundes Einhalt zu tun; aber schon war es zu spät. Die Haustür öffnete sich, und die Bewohner des Gebäudes, in welchem Myga wohnte, ein Zimmermann, ein Schuhmacher, ein Stadtschreiber, mit ihren Familien und Gesellen, eine Witwe mit vielen Kindern, verkrochen sich ängstlich in ihren Winkeln, entsetzt vor dem Gedanken, daß einer der niederländischen Rebellen Zuflucht unter ihrem Dache gefunden haben sollte. Nur ein gebücktes, uraltes Mütterlein trat mutig mit einer Lampe in der zitternden Hand den Eindringlingen entgegen und behauptete mit kreischender Stimme: niemand sei in das Haus eingeschlüpft, am wenigsten ein seeländischer Wasserteufel. Gott solle sie bewahren – meinte sie – einem Meergeusen Schutz zu geben; sei nicht ihr Mann, ihr armer seliger Mann von den wütenden Unholden von einem Fischerkahn ins Wasser geworfen worden und elendiglich umgekommen? – Was halfen ihr ihre Versicherungen? Niemand hörte darauf, voll ward das Haus von spanischen Soldaten, italienischen Matrosen und dem Lumpengesindel der Gassen. Angst- und Wehgeschreie drangen bald hervor aus den verschiedenen Wohnungen; man prügelte und peinigte ein wenig, man plünderte ein wenig.

„Vorwärts, Antonio! Halt dich nicht auf!“ rief Leone. „Vorwärts, treppauf ins Himmelreich!“

Er hielt das Mütterlein am Kragen und zwang es, vorzuleuchten mit seiner Lampe, unter den scherzhaftesten Drohungen.

„Lustig, lustig, Mütterlein! Die andern suchen unten, wir oben vorwärts! Und tut nicht so zimperlich, ich gucke nicht nach Euren Waden. Heda, Antonio, bleib nicht zurück!“

„Leone, ich bitte dich!“

„Ach was, voran, voran, Madonna! Haha, Antonio, war für ein Hase bist du doch, solchem süßen Abenteuer gegenüber! Was sollte aus dir werden, wenn du mich nicht hättest? So – das scheint die letzte Staffel zu sein – Viktoria! Viktoria! Mille grazie, alte Sibylle. Hier, hier, Antonello – im Namen des Königs, öffnet, öffnet! Verräter und schöne Mädchen haben sich hier verborgen; öffnet, öffnet im Namen des Königs! Im Namen der katholischen Majestät von Spanien, heraus aus dem Nestchen, holdes Vögelchen, öffne und gib das süße, rebellische Herzlein heraus!“

Mit lachendem Munde faßte der Tolle den Kapitän an der Schulter und drängte ihn gegen die Tür, die er weit aufwarf – – – starr, zweifelnd standen die beiden Genuesen! –

Mit wachsender Besorgnis und Angst hatten Jan und Myga dem Lärm in den Hallen zugehört. Als nun gar das wilde

Getöse in das Haus eindrang, hatte die Braut in der Verzweiflung den Bräutigam angefleht, sich zu verbergen.

Aber was konnte zu beider Rettung geschehen?

Im nächsten Augenblick war alles zu spät. Allzuschnell drang Leone della Rota die Treppe hinauf.

Im linken Arm hielt Jan Norris die ohnmächtige Braut, krampfhaft faßte die rechte Hand die blanke Waffe. Er wußte nicht, was er beginnen sollte, alle Geistesgegenwart hatte ihn in diesen schrecklichen Sekunden verlassen. Was hätte auch alle Geistesgegenwart geholfen? Verloren waren Jan Norris und Myga van Bergen, soweit Menschenverstand es absehen konnte.

„Alle Teufel, was ist das?" rief der genuesische Leutnant. „Nun, das ist nicht übel! Das ist ja ein seltsam Zusammentreffen, – das nenn' ich zwei Fliegen mit einem Schlage treffen. Holla, Antonio Valani, jetzt gewinne dir dein holdes Täubchen! Solchen Nebenbuhler zu haben hast du dir wohl nicht träumen lassen? Nieder mit dem Geusen! An den Galgen mit ihm!"

Aus der Scheide flogen die Degen der Genuesen.

„Schütze dich Gott, Myga!" schrie Jan Norris, seine Klinge schwingend. „Zurück, ihr welschen Schufte!"

Den wilden Geusenschrei: Lieber Türk als Pfaff! ausstoßend unterlief der Steuermann der schwarzen Galeere die Klinge Leone della Rotas, – ein Stoß – mit einem Schrei drehte sich der Kapitän des Andrea Doria und taumelte; klirrend entfiel das Schwert seiner Hand, – zu Boden stürzte Antonio Valani. Über den Körper des Genuesen weg sprang der Wassergeuse, ein zweiter Hieb streifte jedoch nur leicht die linke Schulter des Leutnants. Matrosen der Galeone Andrea Doria drangen ihre Schiffsmesser schwingend die Treppen herauf. Ein wilder, blutiger Kampf entstand auf dem engen Raume; ohnmächtig lag Myga van Bergen am Boden. Spanische und albanesische Soldaten vermehrten das Getümmel, Lampen und Fackeln erloschen, glimmten am Boden, wurden wieder angezündet. Die wenigsten wußten eigentlich, was vorgehe, und als plötzlich der Ruf: Feuer! Feuer! durch das Haus tönte, löste sich der wirre Knäuel im panischen Schrecken und stürzte wieder die Treppe hinunter. Ein erstickender Qualm füllte alle Räume des Hauses; durch ihn hin schleppten die genuesischen Schiffsleute ihren zu Tode verwundeten Kapitän und den gefesselten Wassergeusen Jan Norris! Durch den Rauch trug Leone della Rota die bewußtlose Myga die Treppe hinab auf die Straße, wo bereits ein neuer Kampf auszubrechen drohte zwischen den Matrosen des Andrea Doria und den spanischen Soldaten, welche den erstern ihre Gefangenen entreißen wollten. Aber Trommelschlag verkündete die Ankunft eines höheren Befehlshabers, welchem Leone dann Bericht abstattete, so gut es die Betäubung, in welcher er sich befand, ihm gestattete. Der Don gab gravitätisch seine Meinung ab: es sei das beste, den verwundeten Kapitän, den Geusen und die Dirne auf das Schiff zu bringen, man habe dann morgen beim Verhör alles hübsch zusammen; – übrigens gehöre der Gefangene als Seeräuber jedenfalls an eine Rahe, also sei die Fortschaffung desselben auf die Galeone auch in dieser Hinsicht das Angemessenste. – – – –

Gegen den Kai hinunter wälzte sich die Menge. Fackeln beleuchteten den wilden Zug und warfen ihren flackernden Schein auf den verwundeten Antonio, die ohnmächtige Myga und den gefesselten Jan Norris, welcher letztere sich stumpfsinnig von seinen wütenden Feinden fortschleifen ließ. Noch immer trug Leone della Rota die Myga im Arm, aber ohne zu wissen, auf welche Weise das gekommen war. Alles drehte sich in seinem Gehirn wie im Traum trug er seine leichte Last an Bord der Galeone.

In der Kajüte bereitete man dem wunden Kapitän ein Lager. Ein Wundarzt kam, die Wunde des noch immer bewußtlosen Antonio zu untersuchen und den Kopf darüber zu schütteln. Myga van Bergen kauerte in einem Winkel der Kajüte, ohne daß sich für jetzt jemand um sie kümmerte. An den großen Mast fesselte man den Steuermann der schwarzen Galeere, und hohnlachend umgaben ihn die erbarmungslosen Feinde.

Erst spät legte sich der Tumult in der Stadt, nachdem man das brennende Haus hinter der Hafenmauer gelöscht hatte. Früher ward es still an Bord der Galeone Andrea Doria. Regungslos lag Antonio auf seinem Lager, regungslos saß Leone bei ihm, regungslos kauerte Myga in dem dunkelsten, entferntesten Winkel. Man hörte auf dem ganzen Schiffe kaum etwas anderes als das Rauschen des Stromes, das Geräusch des Takelwerks im Winde und den Schritt der Wache, die mit geladenem Feuerrohr und glimmender Lunte auf und ab ging vor dem Gefangenen am Mast und ihn keinen Augenblick aus den Augen ließ.

Um zwei Uhr morgens legte sich der Wind ganz und gar, so daß nun auch das Knarren des Takelwerks aufhörte. Es herrschte Totenstille an Bord der Galeone Andrea Doria – Totenstille, die urplötzlich durch einen Schrei und das Krachen eines Büchsenschusses um so schreckhafter unterbrochen wurde.

Aus der Kajüte stürzte der Leutnant della Rota aufs Deck, aus seinen Kojen und Hängematten stürzte das Schiffsvolk.

Die Stelle des Gefangenen am großen Mast war leer. Mit abgeschossenem Feuerrohr stand die Schildwache, wirre Blicke um sich werfend, unter den Fragen, den Flüchen der Offiziere und der Mannschaft.

„Dort, dort! Über Bord!“ entrang sich endlich ein heiserer Schrei der Brust des überraschten Mannes.

„Wo? Wo? Wo?“

An den Schiffsrand stürzte alles.

„Die Boote hinunter! Schnell, Schnell!“ klang die befehlende Stimme des Leutnants.

Lebendig wurde es auf der Schelde, Lichter leuchteten durch die Nacht; aber die Nächte sind dunkel im November. Wohl fischte man einen stromab treibenden Leichnam auf, aber es war nicht der des Jan Norris. An beiden Ufern des Stromes hinunter flogen die Lärmsignale; aber vergeblich waren alle Bemühungen der von allen vor Antwerpen liegenden Schiffen ausgesandten Boote.

Hatte sich Jan Norris gerettet? Hatte er den Tod in den Wellen gefunden?

Wer konnte das sagen?

Wie richtete sich aber Myga van Bergen in ihrem Winkel horchend auf, als sie vernahm, daß der Geliebte seine Bande gelöst habe und über Bord gesprungen sei!

Auf dem Verdeck des Andrea Doria schritt Leone della Rota mit über der Brust gekreuzten Armen auf und ab und murmelte vor sich hin:

„Wenn er es nur nicht gesagt hätte! Er wird sterben durch meine Schuld – o Antonio, armer Antonio! Vorausgesagt hat er es: ich Kapitän des Andrea Doria, er – er eine Leiche auf dem Meeresgrunde.“

Der Leutnant stand still:

„Doch, Leone – ist nicht vielleicht bald – vielleicht morgen – übermorgen dir dasselbe Los bereitet? Wer fürchtet den Tod? Tod ist Vernichtung; – hoch das Leben! – Da kommt die Sonne, frei atme ich wieder, – die blutigen Nebel fallen mir von den Augen! In feurigem Syrakuser will ich dem Morgen zutrinken, mag es auch der letzte sein, den ich schaue!“

Der Schiffsjunge brachte einen vollen Becher des köstlichen Trankes.

Leone della Rota hob ihn gegen den glühenden Sonnenball, leerte ihn auf einen Zug und warf das Glas weit in den Strom hinein, indem er den Fuß fest auf den Boden setzte:

„Kapitän an Bord des Andrea Doria!“ sagte er, und kaum vernehmbar setzte er hinzu: „Kapitän des Andrea Doria und Myga die Krone der Weiber von Flandern – mein – mein!“ – – –

Fieberträume

Zum dritten Male seit der Nacht, in welcher die Besatzung vom Fort Liefkenhoek den Kanonendonner der schwarzen Galeere und der Immacolata Concezione und das Auffliegen des letztern guten Schiffes vernahm, senkte sich der Abend hernieder, windstill und ungewöhnlich warm. Wetterkundige behaupteten, es werde mit nächstem viel Schnee geben, und sie mochten recht haben. Nachdem die Sonne am frühen Morgen hell am ziemlich klaren Himmel aufgestiegen war, hatte sie sich gegen Mittag hinter schwerem, grauem Gewölk verkrochen. Dieses Gewölk hatte sich mehr und mehr zusammengezogen, und mit dem Abend senkte es sich immer tiefer herab auf die Stadt Antwerpen, auf Land, Fluß und Meer.

Wieder befinden wir uns auf dem genuesischen Schiffe Andrea Doria in der Kajüte des Kapitäns.

Die hängende Lampe wirft ihr rötliches Licht durch das Gemach, über die Waffen, die Karten an den Wänden, über den Boden, auf welchem die blutigen Tücher umherliegen, über das Lager, auf welchem Antonio Valani im Wundfieber stöhnt und phantasiert, über die am Fußende der Kissen kniende Myga van Bergen, über den Leutnant Leone della Rota, welcher neben dem Lager des sterbenden Freundes steht und wilde, seltsame Blicke von dem Verwundeten zu der entführten Jungfrau wandern läßt.

Um Mittag hat Leone della Rota von dem Admiral Spinola und dem Gouverneur von Antwerpen mit Gleichmut die Bemerkung hingenommen, daß des Meergeusen Entkommen ein Teufelsstreich und er – Leone – schuld daran sei. Mit etwas weniger Gleichmut hat er vernommen, daß ihm – in Ermangelung eines Bessern – der Oberbefehl über die Galeone Andrea Doria für die Expedition des nächsten Morgens anvertraut sein solle.

Nach der an Bord befindlichen Dirne hatte sich weder der Gouverneur noch der Admiral erkundigt.

Unter viel Arbeit am Bord und am Lande war dem Leutnant der Tag hingegangen, nur wenige Augenblicke hatte er dem sterbenden Freunde widmen können. Aber am Bord und am Lande überall verfolgte den jungen Genuesen das Bild des schönen flamländischen Mädchens, das er auf seinem Schiffe gefangen hielt, das ohne Schutz und Schirm seiner Willkür hingegeben war, wenn der Freund tot war. Anfangs suchte er zwar alle Gedanken solcher Art zu verscheuchen, aber immer wieder von neuem drängten sie sich ihm auf; auf keine Weise konnte er ihnen entgehen, und bald gab er es vollständig auf, dagegen anzukämpfen. In ihrer Verzweiflung erschien ihm das holde Kind nur noch um so reizender; unter seinen Matrosen und Schiffssoldaten, im Vorsaal des Admirals, in den Gassen der Stadt war sie in seiner Seele, wie sie mit gesungenen Händen in der Kajüte am Bord des Andrea Doria kniete. Die wildeste Leidenschaft schlug in hellen Flammen auf, und mit den tollsten Sophismen suchte er sein widerstrebendes Gewissen niederzudrücken.

Was nützte es auch dem Antonio, wenn er, Leone, das Mädchen zurücksandte an Land?

Nun rief sich Leone della Rota die Augenblicke zurück, in welchen er den zierlichen Leib des Mädchens in seinen Armen gehalten hatte, in welchen er das ohnmächtige Kind durch den Rauch, durch die Gassen getragen hatte. Der Wind trieb ihm damals die blonden Locken der Jungfrau in das Gesicht – – –

„Nein, nein, nein, Antonio Valani, dein Recht an die schöne Beute endet mit deinem Leben! Kriegsrecht, Antonio Valani, streiche die Flagge und sinke – mir das Glück jetzt, das dir bestimmt war, und morgen, – morgen mir das Unterliegen und einem andern der Sieg! Kriegsrecht, Kriegsglück, – armer Antonio!"

Mit solchen Gedanken war in der Abenddämmerung der Leutnant in die Kajüte getreten, und nun stand er, wie wir geschildert haben, zwischen dem Sterbenden und der zitternden Myga im Schimmer der trüben Schiffslampe.

Man hat den verwundeten Kapitän ans Land schaffen wollen; aber mit aller Gewalt einer erlöschenden Existenz hat sich Antonio Valani dagegen gewehrt; auf seinem Schiffe will er sterben, nicht im Hospital. In seinem Fieberwahnsinn hat er nicht vergessen, daß Leone das flamländische Mädchen, das er liebt, an Bord des Andrea Doria geführt hat. Je näher der Tod kommt, desto fester klammert er sich an diese Liebe, desto heftiger tritt sie hervor. Im Leben hätte er sie fest in sich verschlossen, ohne das Dazwischentreten seines wilden Gesellen Leone della Rota. Im Sterben, im Fieberwahnsinn wirft sein Geist alle einengenden Fesseln ab; nichts von dem, was er früher gefühlt und verborgen hat, verbirgt Antonio Valani mehr.

Arme Myga! Wie sie da kniet, zu den Füßen des Lagers des todwunden Genuesen mit aufgelösten Haaren, geisterbleich, mit wundgerungenen Händen! Keine Rettung, keine!

Die Wellen der Schelde haben den Freund verschlungen, der ohnmächtig gegen das Verderben der Geliebten rang und sich in die kalten Wasser gestürzt hat, ihre Schmach nicht zu erleben!

Und Gott? Wehe, zu dunkel ist die Nacht, zu finster ist's im Gehirn der Unglücklichen, als daß sie an den großen Retter in allen Gefahren sich zu erinnern vermochte. Keine Macht im Himmel und auf der Erde, die Schmach und Schande abzuwehren; – wehe dir, Myga van Bergen!

Dumpf klingt vom Turm der Kathedrale die elfte Stunde herüber – langsam folgen sich die einzelnen Schläge und hallen nach in dem Gehirn des Mädchens.

Wieder nimmt der Lärm der Stadt allmählich ab, wieder erlischt ein Licht nach dem andern in den Häusern hinter der Mauer Paciottis, des italienischen Ingenieurs.

Immer tiefer ward die Stille. Nur zuweilen klang ein wilder Schrei, ein Jauchzen auf; nur zuweilen ertönte der rauhe Gesang einer wüsten Soldatenschar oder der Ruf der Nachtwächter und Patrouillen.

Und wiederum rasselte das Uhrwerk im Turm von unserer lieben Frauen Dom: – Mitternacht!

Von seinen Kissen erhob sich Antonio Valani und warf wahnsinnige Blicke aus seinen fieberglühenden Augen um sich her.

„Wo ist sie? Leone, Leone – Wein, Lichter und Liebe! Leone, wo bist du, wo hast du sie? Wo hältst du sie verborgen? Mein ist sie – o Verräter, – verräterischer Leone – mein, mein ist das Mädchen! Hahaha, ich bin nicht tot, wie du meinst, Leone; – ich lebe und halte, was mein ist –“

Die Stirn Mygas van Bergen berührte den Boden der Kajüte; der Leutnant della Rota drückte sanft den Wahnsinnigen auf sein Lager zurück und suchte ihn auf alle Weise zu beruhigen;

aber es war, als ob alle Kräfte und Leidenschaften des Sterbenden noch einmal in voller Glut aufflammen mußten, ehe sie auf ewig erloschen.

Immer wieder von neuem suchte sich der Rasende den Armen Leones zu entziehen.

„Alle Hände an Deck! An die Ruder, an die Ruder! Es lebe der König! – Da zeigen sie die Flagge – die Bettlerflagge, Feuer, Feuer auf sie! Evviva Genova – da geht der Admiral in die Luft – Feuer, Feuer – Hölle, Hölle, – Leone schütze das Schiff! Schütze das Schiff, Leone – es ist aus – weh, die Geusenflagge – an die Geschütze, – verloren, – verloren! Schütze das Schiff, schütze das Schiff, Leone!“

Der Kranke sank zusammen; der Leutnant legte ihm das Kissen zurecht; dann trat er zu der knienden Jungfrau:

„Was ängstet Ihr Euch, Signorina? Richtet Euch doch auf; was windet Ihr Euch am Boden? Süßes Täubchen, härme dich nicht; Königin sollst du werden, unumschränkte Herrscherin an Bord dieses guten Schiffes. Das ist der Krieg – der eine muß die Flagge streichen, und doch läßt sie der andere von der Gaffel wehen. Der arme Antonio! Er hat es vorausgesagt – ihm wird das Grab, mir die schöne Beute zuteil; – ich liebe dich, ich liebe dich, Stern von Flandern, weiße Rose von Antwerpen. Ich liebe dich und halte dich – laß das Sträuben – blicke nicht so wild – mein bist du, niemand wird dich mir entreißen!“

„Jan, Jan! Hilf, rette!“ schrie das Mädchen, ohne zu wissen, was es rief.

„Laß den Geusen“, flüsterte Leone. „Hat er sich nicht gerächt, wird nicht der arme Antonio tot sein in einer Stunde? Was kümmert dich der Leib des Geusen, laß ihn treiben auf den Wellen, auf, auf, sage ich, du sollst nicht mehr die weiße Stirn dir wund drücken auf dem Boden. Was willst du? Tot ist der Geuse, es stirbt Antonio Valani; nun nimm den Leone, den lebenden Leone in deine seligen Arme als schöne, stolze Herrin.“

„Barmherzigkeit, Barmherzigkeit!“ stöhnte das Mädchen; aber der Leutnant lachte:

„Horch, ein Uhr! Um fünf Uhr lichten wir die Anker; bis dahin hast du Zeit, dich auszujammern; dann aber fort mit dem Klagen und Seufzen! Bis fünf Uhr ist's Zeit genug, zu sterben, armer Antonio, armer Freund; – richte dich nicht empor, deine Wunden bluten wieder – lege dich nieder, – was willst du auch mit dem Mädchen?“

„Leone, Leone, schütze das Schiff! Die schwarze Galeere, schütze das Schiff!“ kreischte der Sterbende im Fiebertraum.

„Bah, die schwarze Galeere!“ murmelte Leone della Rota, „um fünf Uhr erst beginnt die Jagd; – ruhig, ruhig, Antonio – alles wohl an Bord – habe keine Sorgen, schlaf – schlaf ein.“

Wieder sank der Kapitän zurück und schloß die Augen. Auf die letzte wilde Aufregung folgte nun augenscheinlich die letzte Erschöpfung. Es ging zu Ende mit Antonio Valani, dem Kapitän des Andrea Doria.

Der Leutnant bemerkte es wohl; er seufzte und schüttelte den Kopf:

„Armer Antonio! Armer Freund! So bald mußt du die Segel streichen? Ach, was hilft das Klagen, und doch – ich wollte, der Morgen dämmerte erst, ich wollte, diese Nacht wäre vorüber! Auf offener See – wenn – wenn die Leiche über Bord ist, wird mir erst wieder wohl werden. Ich wollte wahrhaftig, der Morgen käme!“

Er schritt auf und ab in der engen Kajüte; mehr als einmal streifte er die unglückliche Myga, und jedesmal zuckte die Arme zusammen und drückte sich dichter an die Wand.

„Sterben, sterben!“ flüsterte Myga van Bergen, „o käme doch der Tod, mich zu retten – – ergriffe mich doch der Tod, wie er den Geliebten ergriffen hat!“

Die Lampe drohte zu erlöschen, Leone della Rota rief nach neuem Licht, nach Wein. Er hatte beides nötig in dieser Nacht; es sah wild und wüst in seiner Seele aus. –

Die schwarze Galeere

Auf Fort Liefkenhoek flattert stolz das Banner mit dem Löwen von Leon und den Türmen von Kastilien. Dasselbe Banner weht auf Fort Lillo und auf den andern von Feuerschlünden starrenden Befestigungswerken auf beiden Ufern der Schelde bis zu den gewaltigen Mauern der Zitadelle von Antwerpen.

Scharfe Augen halten Wacht auf allen diesen Mauern und Wällen, und Ruf und Gegenruf der Wachen schweigt weder bei Tag noch bei Nacht.

Nahe und wachsam ist aber auch der Feind. In jedem Augenblick kann er erscheinen. Wer kennt die Stunde, in welcher er kommen wird?

Um Seelands Küsten brandet die Nordsee. Da wohnt auf Tholen, auf Schouwen, auf Nord- und Südbeveland, auf Walcheren das wilde, eiserne Geschlecht, das zuerst geschworen hat, Lieber türkisch als papistisch zu werden, welches den silbernen Halbmond am Hute und den unauslöschlichen Todeshaß gegen die Spanier im Herzen trägt. Welch eine Jugend gebären auf diesen meerumspielten Sanddünen die Mütter! Schirmet nur, ihr Türme von Kastilien, halte gute Wache vor dem Bollwerk von Flandern, du Löwe von Leon; „besser verdorben Land, als verloren Land“, das waren seeländische Matrosen, welche den niedergeworfenen Spaniern vor Veere, vor Leyden die Herzen aus der Brust rissen, hineinbissen und sie den Hunden vorwarfen:

„Freßt, aber es ist bitter!“

Auf Fort Liefkenhoek, auf Fort Lillo, auf der Cruysschanze, auf Fort Perle und Sankt Philipp, auf Fort Maria, Ferdinand und Isabella ertönt fort und fort der Ruf:

„Habt gute Wacht! Habt gute Wacht!“

Die Feuerschlünde auf dem Ufer von Brabant, die Feuerschlünde auf dem flandrischen Ufer sind bereit, Tod und Verderben auf das verwegene Fahrzeug zu speisen, welches ihnen zum Trotz seinen Weg stromaufwärts gen Antwerpen suchen will.

„Habt gute Wacht! Habt gute Wacht!“

Aber die Nacht ist dunkel, weder Mondenschein noch Sternenflimmer erhellt sie. Es ist schwer, gute Wacht zu halten in solcher Nacht.

Wie still und warm es ist! Nur das Rauschen des gewaltigen Stromes tönt fort und fort in den warnenden Ruf der Krieger auf den Wällen:

„Habt gute Wacht! Habt gute Wacht!“

Was kreuzt von Südbeveland her die Westerschelde, wo Meer und Fluß sich begegnen und nicht mehr zu unterscheiden sind voneinander? Was gleitet über die Wogen in der dunklen Nacht? Hundert unheimliche Arme regt's, pfeilschnell schießt's einher, gleich dem Gespensterschiff, gleich dem fliegenden Holländer. Ein mächtiger Schiffskörper durchschneidet die Fluten, ihm folgen andere, weniger gewaltige.

Was kümmert die Männer von Seeland die Finsternis? Sie wissen ihren Weg zu finden auf den Wassern, welche ihre Heimat sind. Ein dunkler Schatten folgt dem andern; in einer Linie gleiten sie, - kein Laut ertönt an Bord, selbst die Ruder greifen geräuschlos ein in die Wogen. Geflüstert gehen die Kommandoworte von Mund zu Munde! Ein jeder weiß, was ihm zu tun obliegt, jeder ist verpflichtet durch schweren Eid, seinem Nebenmann das Messer in die Kehle zu stoßen, wenn er durch ein Geräusch, einen unbedachten Ausruf das Gelingen des Unternehmens gefährden wird.

Jeder wird unbedingt seinen Schwur halten, und wäre es Bruder, Vater, Sohn, den er niederstechen müßte.

Fort Lillo!

Ein Licht zur Rechten –

Fort Liefkenhoek!

Klar und vernehmlich schlägt der Ruf der spanischen Wachen an jedes Ohr an Bord der – schwarzen Galeere und der sie begleitenden Fahrzeuge.

Jedes Messer, jedes Enterbeil ist bereit, – es glimmen die verdeckten Lunten neben den Geschützen; hoch schlagen die Herzen der verwegenen Männer.

„Habt gute Wacht! Habt gute Wacht!“ verhallt es in der Ferne; eine große Gefahr liegt hinter den kühnen Seeleuten. Es lebe das Geusenglück!

Was flimmert zur Rechten?

Die Lichter von Dorf und Fort Callao.

Was flackert auf der Seite von Brabant?

Die Lichter des Dorfes Ordam.

Wie still es jetzt an dieser schrecklichen Stelle ist, wo die Brücke, die Estacada Alexanders von Farnese einst sich erhob, das Wunderwerk des Jahrhunderts! Welches Genie leuchtete hier! Welches Blut floß hier!

An dieser Stelle wirkten Johann Baptista Plato und Barocci; an dieser Stelle sprang das Feuerschiff Gianibellis und füllte

Luft, Land und Wasser mit Trümmern und verstümmelten Menschenleibern.

Noch jetzt, nach so langen Jahren, fährt manch republikanisch gesinnter Bürger von Antwerpen Nachts aus dem Schlaf empor und denkt, er sei soeben von dem Krachen der großen Explosion, welche die große Stadt retten konnte und nicht errettete, geweckt.

Lautlos gleitet die schwarze Galeere mit ihrem Schattengefolge über die unheilvolle Stelle fort –

„Habt Wacht! Habt gute Wacht!“ ertönt der Ruf von den Schanzen von San Pedro und Santa Barbara.

Die Lichter von Predigerhof! Die Lichter von Fort Maria, die Lichter von Fort Ferdinand – eine Glocke, dumpf und feierlich, erklingt in der Finsternis – – die Glocke vom Turm unserer lieben Frau zu Antwerpen –

Zwei Uhr!

An seinem Platze steht der Kapitän der schwarzen Galeere, das blanke Schwert in der Hand; aber ein anderer führt in dieser Nacht das Schiff und seine Mannschaft.

Fiele nur der geringste Lichtstrahl auf das Gesicht dieses Führers, ihr würdet erschrecken über dieses Gesicht.

Jan Norris, der Verlobte Mygas, die gefangen ist an Bord des Andrea Doria, Jan Norris, der Wassergeuse, der seine Braut in der Gewalt der Todfeinde zurückgelassen hat, Jan Norris, der nicht zum Tode sich vom Deck der genuesischen Galeone stürzte, Jan Norris führt in dieser Nacht die schwarze Galeere!

Jan Norris' Auge sieht in der Nacht, es durchbohrt die Finsternis wie den hellsten Tag. –

Rettung – Rache!

Hüte dich, Leone della Rota, Unheil brütet die Nacht. Achtung, Leone della Rota; es ist nicht die Zeit, in Frauenliebe und Sizilianerwein sich zu betäuben! Habe acht auf dein Schiff, Leone della Rota, hüte dich – hüte dich vor der – schwarzen Galeere! –

An Bord des Andrea Doria waren alle Befehle gegeben und ausgeführt. Noch drei Stunden, und das genuesische Schiff trat seine Fahrt an, um sich mit den vier vorangegangenen Galeeren bei Biervliet zur Jagd auf die schwarze Galeere zu vereinigen. Das Schiffsvolk benutzte die kurze Frist, die ihm noch gegeben war, zum Schlaf, selbst die Wachtmannschaft an Deck schlief, und die Lunte des Mannes an der Laufplanke war erloschen, wie alle andern Lunten an Bord. Lag das Schiff nicht sicher genug unter den Mauern der Stadt und den Wällen der Zitadelle?

Vom Hauptmast wirft die Schiffslaterne ein unruhiges flackerndes Licht über das Verdeck. Aus den Fenstern der Kajüte fällt ein schwaches Leuchten auf die dunkeln Fluten der Schelde, die darunter vorüberschießen.

In der Kajüte richtet sich vom Lager Antonio Valanis der Leutnant Leone della Rota in die Höhe.

„Es ist vorüber!“ sagte er. „Er ist tot, hörst du, bella Fiamminga, er ist tot, und – Kapitän an Bord dieses Schiffes ist Leone della Rota! Hörst du, Schönste; ich trete meine Erbschaft an, – auch du bist mein; mit dem letzten Atemzuge des Freundes bist du mein geworden.“

Von neuem füllte der Leutnant Spinolas den Becher mit Wein. „Was wendest du dich ab und schauderst, schöne Myga? Er ist tot – sein Herz hat ausgeschlagen. Aber meins schlägt noch wild und hoch. Wohl aber war er mein Freund; aber in deiner Liebe räche ich ja seinen Tod."

Er hob den Becher und trank ihn aus.

„Ich bringe es dir, armer Antonio, – auf hohem Meer sollst du ein edles Seemannsgrab haben. Nicht am Lande sollen sie dich verscharren; unter den lustigen Wogen sollst du schlafen, wie's einem genuesischen Kinde zukommt. In den Armen der Meerfräulein sorst du schlafen –"

„Erbarmen, heiliger Gott, sende den Tod, rette mich, rette mich!" wimmerte das verzweifelnde Mädchen; aber der betrunkene Leone lachte wild und gellend.

„Sieh mich nicht so an, Königin – heute mir, morgen einem andern – das ist der Krieg, das ist das Leben. Meinst du, ich soll jammern und Gebete murmeln wie ein Pfaff am Leichnam des Freundes? Ha, wären wir am Strande des ligurischen Meeres, mit Rosen und Myrten wollten wir uns die Haare kränzen, die schöne Nacht zu feiern! Im Namen der Rache, im Namen des Sieges, so komm in meine Arme, du wilde Geusin, so komm und sei mein, du holde Ketzerin."

Mit einem gellenden Schrei klammerte sich Myga van Bergen an den Pfosten des Lagers, auf welchem der bleiche, blutige Leib Antonio Valanis ausgestreckt lag. Bei dem Toten suchte sie Schutz! Aber mit wildem Lachen riß Leone della Rota die Unglückliche empor in seine Arme. Mit glühenden Küssen bedeckte er ihren Mund und ihre nackten Schultern, – da klang ein dumpfer Fall über seinem Haupte, daß die Lampe an der Decke davon erzitterte. Ein Schrei! – ein Ringen – ein zweiter Fall – ein Stampfen und Trappeln vieler Füße – ein wildes Geschrei – der scharfe Knall eines Handrohres – der schreckensvolle, unheilvolle Ruf:

„Die Geusen! Die Geusen! Die Geusen an Bord! Verrat! Verrat! All'arme! All'arme!“

„Was ist das? Diavolo!“ rief der Leutnant, das Mädchen freilassend und nach dem Schwerte greifend. – – Von dem blutigen Lager hob sich noch einmal der Leib Antonio Valanis, noch einmal öffneten sich die Augen weit und starr und hafteten auf dem Leutnant:

„Schütze das Schiff – Ver – räter! Niederträchtig –“ ein Strahl schwarzen Blutes schoß aus dem Munde hervor, zurück sank Antonio Valani – der Tod hielt nun wirklich seine Beute.

Auf dem Deck ward nach dem Fall der ersten Wacht das Getümmel immer allgemeiner und lauter; das wirre, überraschte Schiffsvolk stürzte hervor mit den ersten besten Waffen in der Hand –

„Zu den Waffen! Verrat! Die Geusen!“

Flüche – Gestöhn – Rufe um Pardon.

Auf die Knie sank wieder Myga van Bergen, während der Leutnant, das Schwert aus der Scheide reißend, die Kajütentreppe hinaufeilte. Auf dem Verdeck stolperte sein Fuß schon über Leichen und zu Boden liegende Verwundete. Wild wogte es hin und her, und das Triumphgeschrei der Niederländer und der schreckliche Geusenruf: „Lieber Türk als Pfaff!“ fingen bereits an, den Waffenruf der so schrecklich aus dem Schlaf erweckten Genuesen zu übertönen.

Und immer noch kletterte es katzengleich an den Wänden des Andrea Doria empor. Auch die nächstliegenden Handelsschiffe und kleinen Kriegsfahrzeuge schienen überfallen zu sein, denn auch auf ihnen erhob sich Kampfgeschrei, fielen Schüsse, leuchteten Fackeln auf.

In der Verzweiflung warf sich Leone della Rota den nächsten Feinden in den Weg, mit Zuruf und Tat seine Leute zum Widerstand ermutigend. Auf dem Wachthaus am Kai erwachte eine Trommel und wirbelte den spanischen Weckruf.

„Die Geusen, die Geusen! Die Geusen vor Antwerpen! Verrat, Verrat, die Geusen in der Stadt!"

Fackeln irrten am Ufer umher, Lichter erschienen in den Häusern hinter der Stadtmauer.

„Lieber Türk als Pfaff! Viktoria, Viktoria! Die schwarze Galeere! Die schwarze Galeere! Viktoria, Viktoria!" riefen die Geusen an Bord der genuesischen Galeone, alles vor sich niederwerfend. Pardon wurde nicht gegeben, was nicht niedergestochen und -gehauen ward, wurde über Bord gestürzt. Das Wort: die schwarze Galeere! erfüllte die Herzen der Italiener mit wildem Grauen und brach mehr als alles ihren Mut. Ein Teil floh ans Land, ein größerer Teil wurde im ersten Überfall niedergehauen; am Hauptmast, in dem

Lichtkreise der Schiffslaterne kämpfte noch eine verzweifelte Schar. Hier hielt der Leutnant Leone della Rota mit den tapfersten seiner Mannschaft stand, und zuletzt drängte das ganze Gefecht sich hier zusammen. Schon war der Boden schlüpfrig von Blut und bedeckt mit Leichen; manch wilder Geuse fiel von dem Schwert des italienischen Leutnants.

„Mut, Mut, tapfere Kameraden – an mich heran! Es kommt Hilfe vom Lande! Mut, Mut!“ rief Leone, einen Seeländer zu Boden streckend; aber an der Stelle desselben erstand ein neuer Kämpfer, über den Gefallenen wegtretend.

„Vorwärts, vorwärts, ihr Meergeusen! Nieder mit den welschen Tyrannen – nieder die Schandflagge! Herab vom Mast mit ihr! Kennst du mich, du welscher Schuft, – du feiger Mädchenräuber?“

„Diavolo!“ rief der Leutnant, starr vor Schrecken und Verwunderung; doch faßte er sich sogleich. „Nicht ersoffen bist du, du Bettler? Hei, desto besser, – friß kaltes Eisen denn – da!“

„Da! Da! Myga! Myga! Rettung! Rache! Da, du Hund, fahr zur Hölle und grüß deinen Spießgesellen von Jan Norris, dem Meergeusen!“

Zu Boden in sein Blut sank Leone della Rota aus Genua, und Jan Norris setzte dem Gefallenen den Fuß auf die Brust und schrie ihm ins Gesicht: „Gerettet ist die Myga! Gewonnen ist das Schiff! Erzähl's in der Hölle!“

Damit stieß er seinem Todfeind das Schiffsmesser in den Hals.

Gefallen waren unterdessen auch die andern Genuesen, die sich nicht durch die Flucht gerettet hatten; der Kampf an Bord des Andrea Doria war beendet, und schon warfen sich die Geusen auf die Ketten, die das Schiff an den Kai fesselten.

In der Kajüte lag Myga van Bergen ohnmächtig in den Armen Jans, welcher die Braut aus dem schrecklichen Raume, aus der Gesellschaft des toten Kapitäns Antonio Valani forttrug die Treppe hinauf in die freie Luft.

Noch dauerte das Gefecht auf einigen der ebenfalls von den Niederländern überfallenen Fahrzeuge fort, aber schon glitten einige derselben, von Geusenhänden gelenkt, in den Strom hinaus, und wild harmonisch erschaute der Gesang der Sieger durch die Nacht:

„Wilhelmus von Nassaue
Bin ich von deutschem Blut,
Dem Vaterland getreue
Bleib' ich bis in den Tod –“

Vom Stern des Andrea Doria blies jetzt der Trompeter der schwarzen Galeere dieselbe Weise zur Stadt hinüber, und im wilden Chor fiel die siegreiche Mannschaft ein:

„Daß euch die Spanier kränken, O Niederlande gut,
Wenn ich daran tu denken,
Mein edel Herz, das blut't.“

Selbst die zum Tod wunden Geusen richteten sich unter den feierlichen harmonischen Klängen vom Boden auf – die nicht mehr singen konnten, bewegten doch die Lippen nach den Worten des Liedes. Auch Myga van Bergen erwachte dadurch wieder zum Leben, und lachend und weinend sang sie in den Armen Jans den Freiheitsgesang mit.

„Sieh, ich halte doch Wort; unter Kanonendonner und Glockengeläut und Trompetenklang führe ich dich heim! Gerettet, gerettet!“ jauchzte Jan Norris.

Von der Zitadelle ertönte ein Alarmschuß über den andern. Trommel auf Trommel fiel auf den Mauern und Wällen der Stadt ein in den ängstlichen Ruf der ersten am Kaikranen. Und immer lauter regte sich hinter ihren Mauern und Wällen die große flandrische Stadt, und manch ein bedrücktes, zorniges Herz schlug höher bei den stolzen, verbotenen Tönen, die so trotzig den spanischen Trommeln entgegenwogten und immer höher schwollen, je mehr jene dagegen ankämpfen wollten. Die Sturmglocken läuteten dazu von allen Türmen. Und nun rasselte und klirrte es aus der Stadt und von der Zitadelle herab hervor gegen den Kai; Fähnlein auf Fähnlein rückte auf die Stadtmauern, Fähnlein auf Fähnlein drängte gegen den Fluß herab.

Aber immer stolzer klang es über allen Tumult:

„Mein Schild und mein Vertrauen
Bist du, o Gott, mein Herr,
Auf dich so will ich bauen,

Verlaß mich nimmermehr,
Daß ich doch fromm mag bleiben,
Dir dienen zu aller Stund,
Die Tyrannei vertreiben,
Die mir mein Herz verwund't.“

Tausend und aber tausend Herzen lauschten hinter den Mauern, die Paciotti um die Stadt Antwerpen baute, in süßem Zittern diesen Klängen; tausend und aber tausend Augen wurden darum feucht.

Nun aber galt kein Besinnen mehr; die schwarze Galeere hatte ihre schönste Waffentat ausgeführt, jetzt galt es, die Siegesbeute in Sicherheit zu bringen. Unter dem Schutz des Feuers der schwarzen Galeere gewann Jan Norris, der Befehlshaber an Bord des Andrea Doria, die Mitte der Schelde und fuhr stromab langsam an der Stadt hinunter. Sieben genommene kleinere Fahrzeuge schwammen bereits mit den Geusenschiffen voraus; die schwarze Galeere schloß den Zug.

Wie blitzte und krachte es von den Wällen Antwerpens; wie antworteten so gut die Geusenschiffe und der Andrea Doria, der jetzt unter der Bettlerflagge, die Segel lustig geschwellt vom Morgenwinde, stromab fuhr, wie raufte Don Federigo die Haare über solch unerhörte Tat!

Feuer von allen Schanzen und Forts den Strom entlang!

Hoiho, hoiho, Geusenglück, Geusenglück! Was kümmert's die Meergeusen, ob die Spanier gut oder schlecht schießen? Die Wunden unter Deck, die Toten über Bord --- hoiho, hoiho, da flammt's wieder von der schwarzen Galeere auf, vor Fort Philipp! Bum – bum, das ist Cruysschanz auf der brabantischen Seite.

Nun aber haltet euch gut, ihr niederländischen Männer, der letzte Riegel, aber auch der gewaltigste ist zu sprengen.

Drunten im Morgennebel liegt Fort Liefkenhoek.

Drunten im Morgennebel liegt Fort Lillo.

Jetzt gilt's, ihr Geusen, an die Geschütze, wer noch Hand und Fuß rühren kann!

Geusenglück! Geusenglück!

Es war alles bereit auf Liefkenhoek; der Kommandant hatte Zeit genug gehabt, seine Anordnungen zu treffen: bereits um zwei Uhr hatte ihn der Hauptmann Jeronimo geweckt. „Nun, was gibt es, Sennor?“ hatte der Oberst gefragt, und der Alte hatte die Achseln gezuckt und gesagt: „'s mag sein Meuterei zu Callao, 's mag sein Aufruhr zu Antwerpen, ich ersuche Euch jedenfalls, auf den Wall zu kommen, Sennor.“ Ärgerlich war der Kommandant auf der südöstlichen Bastion seines Forts erschienen und hatte lange gehorcht. Eine Viertelstunde nachher hatte die Trommel wieder einmal die Besatzung auf die Wälle gerufen, und eine Stunde nachher hatte der Hauptmann gesagt:

„Sennor Oberst, ich würde die Schildwachen dieser ganzen Nacht erschießen lassen.“ – – –

Wie lange dauerte nun schon der Geschützdonner stromab die Schelde? Es war kein Wunder, daß alles zum Empfang der schwarzen Galeere bestens auf dem Fort Liefkenhoek vorbereitet war!

Vor seiner Kompanie schritt der Hauptmann Jeronimo finster auf und ab, und je näher das Feuer kam, desto finsterer wurde er, das war so seine Art. Er hatte das Spiel so lange mitgespielt, bis er desselben überdrüssig geworden war – nein, nicht überdrüssig! bis es ihm so gleichgültig geworden war, wie – wie das Atemholen. Der Hauptmann Jeronimo hatte nur nach gewohnter Art die Achseln gezuckt, als der reitende Bote quer über Land von Fort Perle aus die erste nähere Kunde über das vor Antwerpen Geschehene brachte. Wie grimmig die Kameraden sich gebärdet hatten, der alte Soldat von Alba, Requesens und Farnese hatte nur dem Boten den Rücken gedreht und war zu seiner Kompanie hingeschritten.

„Und dieses Volk vermeinen sie noch immer zwingen zu können?“ murmelte er. „Wie lange schon liegt die Blüte Spaniens, der Kern seiner Kraft in diesem Boden begraben! Wehe dir, armes Vaterland!“

Die Kanonen vor der Cruysschanze hatten ein Selbstgespräch unterbrochen. In den Morgennebel hinein fing es leise an zu schneien; man sah nicht drei Schritte weit.

„Ja, ja“, murmelte der alte Soldat, „feuert nur blind zu! und horch – da ist sie schon wieder, diese gottverfluchte Weise, das Grablied von Spaniens Macht und Ehre – paff, paff, so spart doch euer Pulver, ihr vernichtet sie doch nicht damit – ja, ja, schießt nur, schießt, das Lied klingt nur um so heller! O Teufel, man hat's zuletzt schon auswendig gelernt.“

In den Geschützdonner hinein und den Klang der niederländischen Trompeten summte der Hauptmann Jeronimo:

„Ein Prinze von Oranien
Bin ich frei unversehrt,
Den König von Hispanien
Hab' ich allzeit geehrt."

Er war noch nicht damit zu Ende, als eine Kugel dicht neben ihm in seiner Kompanie einschlug und sechs Mann derselben tot oder verwundet zu Boden streckte. Von der genuesischen Galeone kam diese Kugel; Jan Norris auf dem Andrea Doria eröffnete sein Feuer im Vorüberfahren von Fort Liefkenhoek. Das Fort antwortete sogleich auf die kräftigste Weise, jedoch ohne den Geusen einen bedeutenden Schaden zuzufügen.

Auf dem Deck des Andrea Doria stand neben dem Geliebten Myga van Bergen.

Ihre Augen funkelten; was kümmerten sie die Kugeln der Spanier! Über dem Haupte des Brautpaares flatterte sieghaft das Geusenbanner, die herabgerissene Flagge Spinolas lag unter den Füßen der beiden.

„Noch eine volle Lage, Burschen! Feuer! Feuer! Feuer! Der Myga, meiner Braut, zu Ehren!“ rief Jan Norris, den Hut schwingend. „Da geht die Bramsegelstange über Bord! 's tut nichts! Hoiho, Myga, süße Braut, – frei Wasser, frei Wasser! Horch, wie die schwarze Galeere vor Lillo ins Zeug geht! Hoiho, hoiho, lieber Türk als Pfaff! Frei Wasser! Frei See! O süße, süße Myga, o holde, liebe Braut, wie lieb' ich dich!“

„O Jan, Jan, auf so stolze Art ist noch nie eine Braut erobert worden! Was hast du getan um mich!“

„Ach, was ist's denn?“ lachte Jan Norris. „Einen welschen Schiffsleutnant hab' ich niedergehauen und den Kadaver eines welschen Kapitäns über Bord geworfen. Die schwarze Galeere hat dich und mich gerettet – bis an die Sterne hoch die schwarze Galeere!“

„Hoch! Hoch die schwarze Galeere!“ jauchzte das Schiffsvolk auf dem Andrea Doria, und weiter links donnerte das schwarze Schiff seinen Segensgruß, unter den Mauern von Fort Lillo hinstreichend. –

„Laßt es gut sein", sagte der Hauptmann Jeronimo zu den Kameraden, die ihn vom Walle herantragen wollten. „Laßt mich in freier Luft sterben, es wird mir leichter abgehen. Lebt wohl, Kameraden, lebt alle wohl – und haltet euch gut. Ich sehe lauter junge, jugendliche Gesichter um mich her, – Kameraden, ich wünsche euch mehr Glück, als der alten Armee zuteil geworden ist. Wir haben unsere Pflicht getan – grabt nach auf dem Felde von Jemmingen, auf der Mockerheide, bei Gemblours und vor Antwerpen, – es ist nicht unsere Schuld, daß – wir noch – am – alten Flecke stehen! – Lebt – wohl, Kame-raden, – das alte – Heer geht zu Grabe! Lebt wohl und – Spanien – für immer, das arme Spanien!"

Der Hauptmann Jeronimo war tot, und stumm umstanden ihn Offiziere und Soldaten der Besatzung von Fort Liefkenhoek.

Der Geschützdonner war verstummt. Glücklich hatten alle niederländischen Schiffe die spanischen Festungen mit ihrer Beute passiert. Aus der Ferne klang aber noch immer das Lied von Fünfzehnhundertachtundsechzig:

„Vor Gott will ich bekennen
Und seiner ganzen Macht,
Daß ich zu seinen Zeiten,
Den König hab' veracht't,
Weil daß ich Gott dem Herrn,
Der höchsten Majestät,
Hab' müssen obedieren
In der Gerechtigkeit.“

Meerwärts verhallten die Klänge, als das stolze Geusengeschwader mit seiner Beute, seinen blutigen Wunden und seiner Glorie in dem immer dichter werdenden Nebel stromab glitt.